# 此時此刻
### 河智苑的時光之書

河智苑◎著
黃筱筠◎譯

## 尋找自我的時光之旅
prologue

　　因為從來沒有出書的想法，所以為了出書寫作，而不只是草草在日記或手札上寫東西的這件事，直到現在我還是覺得很不好意思，也難以置信。

　　當時聽到出書的提議時，我覺得很無厘頭，於是果斷地拒絕了；不過因為耳根子軟，所以經過家人和友人勸說，一趟尋找自我的時光之旅就這樣展開了。

在那個地方，有十五年前為了試鏡而到處跑的我，也有像是會出現在動畫片裡的「穿越時空的少女」。

穿越時光，我重新回味了過去在每一部作品裡體驗全新的人生時，切身感受到的那些動人情感，於是這時候，專屬於河智苑的「潘朵拉的箱子」打開了。

當初年紀輕輕抱著演員夢的河智苑，學到新的東西以後總是獨自領會其中的意義，並且感到開心，可是有時候也會因為太辛苦而一個人哭泣。從為了超越自己而付出血淚般的努力，一直到此時此刻的河智苑，這段過程就像一幅全景圖

一樣從眼前掠過。

　　當我和名為「演戲」的朋友，一起待在叫做「拍片現場」的小窩，那是最幸福快樂也最有趣的時候了。

　　跟我一樣夢想成為「演員」的人，以及朝著「夢想」奔跑的所有朋友，我希望與你們分享，和你們有相同的共鳴。

　　現在，帶著一顆撲通撲通跳的心，我將提起筆與各位分享這段時光之旅。

河智苑

# 目錄
## Contents

# 穿越時空的少女

星星

只有天上的星星知道，
這個沒能對任何人說的夢，
我獨自守著的祕密……
而把星星送給我的人，
就是當年的初戀。

# 記憶的開始

叮咚。

［禮物使用說明書］洗好澡，換上舒服的衣服後，播放妳喜歡的歌，我個人推薦〈星星落下〉！

叮咚。

關上房間的燈，閉上眼，按下檯燈的鈕以後睜開眼，慢慢地～當檯燈開始旋轉……

拍完廣告回到家中，一洗好澡就收到了簡訊。跟我很要好的妹妹先前親自到片場把生日禮物交給了我，看來內容應該是在說禮物，當時她還再三叮嚀回家才能打開……真是可愛！

我依照她的簡訊動作，當個聽話的姊姊。

會是什麼呢？我帶著滿滿的期待，緩緩睜開眼。

黑漆漆的房間裡，轉動的檯燈發出了幽幽的光芒，在牆壁上遊走，也照射著天花板。

是星星！我的房間變得星光燦爛。

「哇！真的好美！」

我那麼喜歡的星星，現在跑進房裡閃爍著。

今天一早就開始下雨，所以心情莫名憂鬱，加上拍攝了一整天很疲勞，但是現在看見成群的星星以後，睡意頓時全被趕跑。

我選了一顆喜歡的星星，目光跟著它移動。

「從現在開始你就是我的星星了，要每天聽我許願喔～」

我在空無一人的房裡與星星對話，這個時候，某段回憶就像電影中的場景一樣乍現。

「是啊，我就是從那個時候開始喜歡星星的⋯⋯」

# 初戀

今天是田海林[1]的18歲生日，有點特別，因為這也是我第一次帶男友回家。

雖然表面上看不出來，但我心裡頭其實非常好奇男友會送什麼禮物，要是被感動到哭了的話怎麼辦？昨天晚上我甚至因為想這件事而睡不好。

「妳待在客廳一下。」也不知道男友是不是明白我的心思，說完這句話就跑進我的房間，還把門鎖了起來。我被這出乎意料的舉動嚇到，說不出任何話來，人雖然還在客廳和其他朋友聊天，眼神卻不由自主地往房間飄。

「房間很漂亮，女生的房間都這樣香香的嗎？」過了好一陣子才從房裡出來的男友，若無其事地笑著。

「你在裡面做什麼？」
「就只是參觀看看啊。」
「呿……」

---

1　河智苑的本名。

膽小的我甚至不敢問他有沒有準備生日禮物。就這樣，雖然請男友到了家裡，生日派對卻沒發生任何特別的事情就結束了，而朋友們也都各自回家去。那天晚上，我一面在心裡頭埋怨男友，想著到底是應該生氣、鬧彆扭、還是瀟灑地讓事情過去？一面煩惱地躺上床，把燈關掉。

「喔？啊～」
「怎麼了？海林，發生什麼事？」
　　可能是被我的尖叫聲嚇到了，家人統統跑到我房間。

「我的房間……有星星……」

　　床邊的牆壁和天花板，到處被星星環繞著，不管把目光放在哪裡，都可以看到星星隱約地散發光芒。
　　美麗的夜空闖進房間，勝過我以往看過的所有夜空。
　　那種情緒該怎麼用言語說明呢！那時候，我真的把夜光貼紙當成了星星。

男友之後告訴我，因為我的眼睛亮晶晶的，就像星星一樣，所以才送我這份禮物，而他也在自己的房裡貼了星星貼紙，好在睡覺的時候想我。

　　從那天以後，我和閃亮的星星們一起入睡。
　　那個就算有想做的事也不敢好好說出來，只敢藏在心裡的害羞女孩，從此每晚都對著眼前發亮的星星許願。

　　把星星送到我身邊的人，是初戀。

　　在還搞不清楚那是什麼情感的狀況下悸動著，想念著，只要見上一面就讓人很快樂的哥哥，直到經過好長一段時間，我才明白，原來那就是我的初戀……

# 梅花叢

叩。我從睡夢中驚醒,這麼快就到下一個拍攝場地了嗎?朦朦朧朧地,我看向窗外。

漆黑的夜幕,無數顆星星近在眼前,彷彿伸出手就能碰到。

「喔?我還在作夢嗎?」

有點奇怪,星星掉了下來,而且像雪一樣潔白。我揉揉眼睛後再看一次。

「啊!原來是花啊。」

被我誤以為是星星的,其實是白色的花朵 —— 盛開的梅花。

梅花叢在月光的照射下發出耀眼光芒,那樣子夢幻極了,即使親眼見到也還是會懷疑自己是不是在作夢。

太過耀眼和美麗的花朵,讓人眼眶開始發熱。

確實會有這樣的時候 —— 面對美好的風景而濕了眼眶,因為感動而全身顫抖的時候。

今天要拍的是《茶母》中從事官替彩玉治療受傷手臂的戲,他們倆互相喜歡的情意像天空一樣純淨,珍惜彼此的心意像海洋一樣深厚,卻因為身分的差異而無法更加靠

近、無法向對方表白，注定走向悲傷的宿命，這是一場呈現兩人心意的哀痛愛情戲。

他們為彼此著想的情感雖然令人惋惜和惆悵，卻也讓這段愛顯得更加美好與純潔。這座梅花叢很適合用來表現這樣的情感，不對，應該說根本絕配！這個地方不只是美，更能讓人感受到一種依戀，就像他們的內心深處，耀眼卻又寧靜，不需言語也能明白彼此的感情。

我靜靜地站在梅花叢。

胸口開始一陣悸動，在滿是梅花的這個地方，我的心臟因為令人暈眩的濃烈花香和花瓣晃動的聲音，彷彿就要爆炸了。謝謝這座梅花叢，讓我變成了真正的彩玉。

雖然是夏天，但半夜兩點外面的空氣還是很涼，冷風吹進薄薄的韓服裡，使身體微微發抖，就像彩玉雖然總是充滿自信，但只要面對從事官就難以平撫的悸動心情。

隨風飄落的梅花花瓣和飄散的花香，甜蜜卻又令人暈眩，就像從事官與彩玉之間無法控制的感情，跨了出去又退後，退後卻又再度靠近。

月光照著這一切，我用身體和心靈去感受彩玉的每一絲情感，而不是透過腦袋。

不知不覺之間，我真的成為了茶母。

身分低下的茶母在從事官面前不斷地變渺小，甚至無法表明自己的愛慕之情。

在那個瞬間，原本在腦袋裡盤旋的台詞全部消失無蹤，只剩下環繞著我的一切，觸動並喚醒一個又一個的細胞。

此時，我再也不能做什麼，只能清空腦袋，更濃烈地去感受。


安靜的梅花叢被月光照亮，我獨自走著，從事官則站在遠方靜靜地望著我。就這樣，彩玉走了好久，從事官也一直注視著彩玉。

「會痛嗎？我也很痛。妳雖然是我的手下，可是像是我的妹妹，別再讓我這樣心痛。」

　　雖然很想看著他，可是從事官的樣子卻越來越模糊，原來是眼淚模糊了視線，順著臉頰滑落。

　　一直到現在，每當我想起茶母，就會像穿越時空的少女一樣，一瞬間到達如星光耀眼的梅花叢中，靜靜地走著。

我會讓自己感受拍攝現場的一切，
而不是設定好情緒以後，
再用背的方式演出來。

讓腦袋放空，
用心強烈地去接收！
這樣就能感受到
心臟的悸動了。

# 一通電話

　　學生時期的我，是個功課很好、很聽父母話的學生，雖然從小喜歡畫畫，一有空就會提起畫筆，不過倒是沒有畫家夢。因爲父母希望我當醫生或外交官，所以高中沒有特別猶豫就選擇了理科。

　　可是高一轉學之後，除了無法適應新學校以外，家裡複雜的問題變多，於是我的專注力減低，成績也跟著開始慢慢下滑。因爲一直以來我都是受老師肯定的模範生，所以就算別人沒說什麼，我自己也覺得不安和焦急。選擇理科眞的是對的嗎？這樣下去上得了大學嗎？高二和高三的時候，我一直活在對未來出路的不安和擔憂之中。

　　某一天，家裡接到一位經紀公司的經紀人打來的電話，說是看到我掛在照相館的照片，想請我到他們公司一趟。

　　「哇！好神奇喔，媽媽，原來眞的會有人這樣打電話來。」

　　雖然我講話的口氣事不關己，但是心裡其實非常想馬上跑去見那個人，因爲「演員」是我長久以來沒能告訴任何人的夢想。

我不敢告訴任何人這件事，包括好朋友和爸媽，因為我怕會被嘲笑：「妳想跟人家當什麼演員啊。」

　　雖然這祕密只有星星知道，但我還是在心裡下定決心，只要有機會，即使是小小的機會，我也一定會好好把握。

　　這通電話就是我一直以來等待的機會，可惜當時家裡狀況不太好，爸爸、媽媽很辛苦，所以我連要去經紀公司的事都不敢提。幸好那家經紀公司打電話打了一個月，不只一次。媽媽可能發現每次電話來我的表情都很期待吧？於是有一天她主動拉著我的手說：「就去一次看看吧。」

　　我在心裡頭「哇～哇～」叫了好幾次，就好像上天賜了一條繩子，我決定緊緊抓住它不放，到經紀公司看看。

　　經紀公司那邊沒有什麼特殊的說明或像樣的提議，就只是細細打量我的臉，然後給了一份劇本要我唸唸看，接著便點點頭說，如果想看練習生哥哥姊姊們練習演戲的話，就每個禮拜六到公司來。

當時的我雖然想當演員，卻不知道該做些什麼，所以只好乖乖地都照那個人說的去做。那時候我們家在水原，經紀公司在方背洞，但我還是每個禮拜六都到練習室報到。而且我也不管高三要讀書，整顆心都在禮拜六的練習室，就算路程遙遠，要轉搭三次公車才會到，但每次都一樣興奮。

　　雖然練習室裡沒有人會教我演戲，讓人有點失落，但我還是喜歡去那裡。既然進入了可以成為演員的空間，就已經是站上起跑點了啊！我把在練習室拿到的劇本都帶走，回到家後一面看著劇本，一面回想在練習室看到和聽到的東西，一個人練習演戲。

拿到劇本後，我會在那部戲播出以前先設定好自己的角色然後練習，等到電視上開始播，我再研究其他演員是怎麼詮釋的。雖然不知道自己演得好不好，但我還是很享受這樣的過程。而那時候的我還不知道，原來在什麼都不懂的時候做的事情，之後竟然出乎意料地帶來許多幫助。

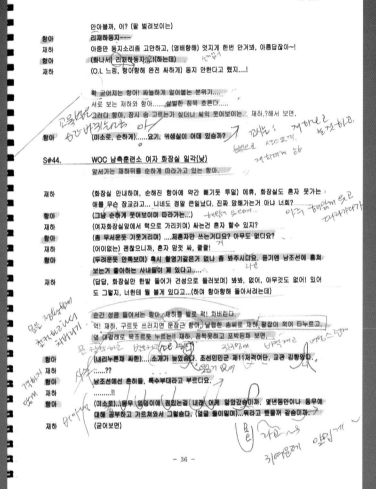

안아볼까, 어? (팔 벌려보이는)

항아　리재하동지----

재하　아줌만 동지소리좀 고만하고, (영배향해) 멋지게 한번 안겨봐, 아름답잖아~!

항아　(화나서) 리재하동지,,,!(하는데)

재하　(O.L 느낌, 항아향해 완전 싸하게) 동지 안한다고 했지....!

확 굳어지는 항아! 싸늘하게 읽어볼는 분위기.....

서로 보는 재하와 항아......살벌한 침묵 흐른다.....

그러다 항아, 잠시 숨 고르는가 싶더니 씨익 웃어보이는.. 재하,?해서 보면,

항아　(미소로, 순하게)......요기, 위생실이 어데 있슴까?

S#44.　WOC 남측훈련소 여자 화장실 일각(낮)

앞서가는 재하뒤를 순하게 따라오고 있는 항아

재하　(화장실 안내하며, 순해진 항아에게 약간 삐기듯 투덜) 에휴, 화장실도 혼자 못가는 애를 무슨 장교라고... 니네도 정말 큰일났다, 진짜 망해가는거 아냐 너희?

항아　(그냥 순하게 못어보이며 따라가는)

재하　(여자화장실앞에서 턱으로 가리키며) 싸는건 혼자 할수 있지?

항아　(좀 무섯운듯 기웃거리며) ....저혼자만 쓰는거디요? 아무도 없디요?

재하　(어이없는) 괜찮으니까, 혼자 맘껏 싸, 콸콸!

항아　(두려운듯 안쪽보며) 혹시 촬영길같은거 없나 좀 봐주시디요. 듣기엔 남조선에 훔쳐 보는거 좋아하는 사내들이 쩨 있다고....

재하　(답답, 화장실안 한발 들어가 건성으로 둘러보며) 봐봐, 없어, 아무것도 없어! 있어 도 그렇지, 너한테 뭘 볼게 있다고...(하며 항아향해 돌아서려는데)

순간 성큼 들어서는 항아, 재하등 발로 퍽! 차버린다.

억! 재하, 구르듯 쓰러지면 문잠근 항아, 날렵한 솜씨로 재하 팔잡아 꺾어 트누르고, 얼 대걸레로 욱조르듯 누르는 재하, 꼼짝못한채 포박된채 보면

항아　(내리누른채 싸한)....소개가 늦었슴다. 조선인민군 제11저격여단, 교관 김항아다.

재하　.....??

항아　남조선에선 흔히들, 특수부대라고 부르디요.

재하　.........!!

항아　(미소로)..동무 멍청이에 짐쓰는걸 내래 어케 알았갔슴까.. 몇년동안이나 동무에 대해 공부하고 가르쳐와서 그렇슴다.(얼굴 들이밀며)..뭐라고 했을까 같슴까.

재하　(굳어보면)

- 36 -

我會把看劇本當下的想法統統寫下來，
不管是一次、兩次，甚至是十次……
每次寫完，劇本的感覺都會變得不一樣，
表演也越來越豐富。

## 等待室的男學生

在練習室入迷地看著別人練習演戲的某一天，經紀公司的某位高層對我說了一句話：

「妳說妳高三對吧？如果想當演員就先去考戲劇電影科吧。」

聽到這句話以後，我心裡某個地方似乎發出了「轟隆」一聲，這段時間他們看都不看我一眼，第一句對我說的話竟然是「想當演員就先去考戲劇電影科」。我覺得自己好像被忽視了，自尊心很受傷。不過，鬥志也因為這番話而熊熊燃燒。戲劇電影科？我非考到不可！

想是這樣想，但到了實際準備的時候，卻是一片茫然。身為理科學生的我，現在要轉到藝體能領域參加考試，連演戲要怎麼演都沒學過，要怎麼考戲劇電影科的術科考試呢？雖然非常擔心，但也產生了一股傲氣。好啊！一點小意思，那就試試看吧！難道我還會做不到嗎？

終於到了術科考試當天，等待室裡的所有人都喃喃自語地在練習台詞，在我看來，大家的表現都跟演員一樣好。

人在急迫的時候，好像眞的會產生一股連自己都不知道的勇氣。那時候我腦裡想的只有一定要把考試考好然後當上演員，所以顧不得害臊地跟坐在一旁的男學生搭話，他一看就是個善良又親切的男孩。

　　「你好，我眞的是第一次表演，不知道自己演得對不對、好不好，所以很不好意思，可以請你幫我看看嗎？」

　　面對爽快答應的男學生，我都不知道自己是在什麼樣的精神狀態下表演的了，幸好他還是這麼說：「妳眞的是第一次演嗎？很厲害呢。」

　　他的話爲我帶來很大的勇氣，深呼吸之後，我走上舞台。

　　在舞台上，我什麼都看不到，一想到這可能是第一次也是最後一次的機會，別說害羞了，我連一點遲疑都沒有。當時我表演的是海豚，於是我釋放體內所有能量，在舞台上興奮地跑來跑去，在那個時候，我是世界上最幸福的海豚。

是因為迫切而激發出了超人般的力量嗎？我還記得自己一出考場，就因為力氣用盡而沒辦法走路，還得靠媽媽攙扶，不過，當時的我是笑著的。

　　考上後第一次到學校的時候，我試著找過那位男同學，希望見了面可以跟他道個謝，請他吃頓飯，可惜他並沒有出現。令我感謝的善良男孩，我有多希望可以跟他一起考上啊⋯⋯

　　雖然現在已經不太記得那位男同學的長相了，但我希望至少能透過這種方式，向第一個看我表演並給予鼓勵的他致謝。

當我想著要成為演員的時候，

並沒有要當明星的想法。

我想成為能夠觸動人心的人，

那才是我的夢想。

蠟燭

芳香蠟燭總能帶來迷幻的體驗,
就像時光膠囊一樣。
因為對香味很敏感,所以每次點芳香蠟燭時,
我就會隨著香味開始一趟時光之旅,
前往那些曾經經歷過的,無法忘懷的瞬間。

## 時光膠囊──芳香蠟燭

今天邀請了我喜歡的人們到家裡開烤肉派對，這種場合總是讓人興奮，加上這一次是作品結束後久違的聚會，所以心情上又比以往更加雀躍，準備烤肉雖然忙碌，但腳步卻像是要飛起來一樣輕盈。

「啊～好開心，要點蠟燭嗎？等一下，我全部拿出來。」

因為我喜歡香香的味道，所以有很多芳香蠟燭和香水，我貪心地雙手環抱了一整堆芳香蠟燭出來。蠟燭一一點燃以後，氣氛變得更加熱絡，在美味的烤肉、隱約的燈光、讓人有好心情的精油陪伴下，我們愉快地聊著天……

當我大力吸了一口空氣，突然有股香味將我包圍，就像一層帷幕圍繞著我，周圍的聲音越來越遙遠，而我所在的空間也漸漸變得白濛濛。

「你要帶我去哪？」

當原本已經遺忘的香味將我環繞，眼眶便在不知不覺間變得濕潤。

「希望你能到好地方、美麗的世界去。」
我養成了聽到某人死去時，
在心裡默默祈禱的習慣。

# 裝殮

宗宇躺在我的面前，身材比我更瘦小乾瘪，極其安靜，面容安詳。

我仔細替他擦拭身體，就像對待一碰就會碎裂的珍貴玻璃一樣，小心翼翼地擦拭著他一節又一節的手指，接著再用手緊握，謹慎地用麻布將他的手好好包起來。

「呼～」

我緊握著他那雙只剩下骨頭的瘦削雙腳，讓它們在我的手中再次呼吸；接著，我替宗宇穿上漂亮的鞋子。你的腳以前就這麼小嗎？

「呼～」

可能是因為全心全意地在裝殮，根本沒有好好呼吸吧？為他的右手臂、左手臂套上壽衣後，每次都得深呼吸。宗宇安詳地躺著，我替他仔細地上妝，像是在為新郎化妝一樣，接著，我拿出鏡子讓他看，擺出一抹微笑。

「你果然長得很帥，滿意吧？」

我們的最後，溫暖而平靜，沒有流一滴眼淚。

## 親愛的你，再見了

「卡！OK！智苑辛苦了。」

「辛苦了，大家辛苦了。」

走出來的時候我對導演和工作人員打了招呼，沒有流下一滴淚。我還以為這次的拍攝會很辛苦，沒想到卻是出乎意料地冷靜，連我自己都感到驚訝。

「喔？怎麼會這樣呢？」

昨晚我輾轉難眠，很擔心自己在拍替愛人裝殮的戲時會大哭。我會不會中途抓著他哭，平靜下來以後再繼續裝殮，就這樣一直反覆？還是會在裝殮結束之後才抓著他大哭？

在前一晚沒有睡好的狀態下到了片場，真的開始裝殮時，卻沒有流淚。

「我還以為會大哭，結果連一滴淚都沒流？奇怪了……」

抱著疑惑和一顆不解的心回到住處，這是拍攝《比天堂更近的美麗》（Closer To Heaven）的三個月時住的地方，它不是一般的住處，而是我親自用喜歡的物品裝飾而成的「家」。

這麼舒適自在的地方，今天卻特別奇怪，當我打開門想進去的時候，卻無法邁開腳步。一開門，家裡就有一股冰冷而詭異的氣息，陌生且令人恐懼，使我站在門前好一陣子不敢進去。

　　「呼。」

　　深呼吸後我往屋內走了幾步，環視四周，眼淚突然開始流下，心好痛，身體開始發冷起雞皮疙瘩。我好害怕，彷彿世界上只剩下我一個人。我好想宗宇，好想跑去抓住他的屍體，阻止他離開。

　　「我怎麼能把愛人送走，我不要，他還沒死，他在醫院。我好想你，宗宇。」

　　我癱坐在沙發上哭，一開始只是斗大的眼淚掉落，轉眼間卻變成掩不住的放聲哭泣、擦也擦不完的眼淚。因為呼吸困難，所以我敲著胸口，卻還是覺得有什麼堵在心上。

　　「我是怎麼了⋯⋯怎麼回事⋯⋯」

　　我幾乎是用爬的爬到床上，嘶吼般地大哭。

「妳是智秀啊？
原來不是河智苑，
而是智秀在哭啊！」

是悲傷呢？還是心疼？痛苦？無法用言語形容的某種深刻情感，在心裡掀起波瀾。

　　「妳是智秀啊？原來不是河智苑，而是智秀在哭啊！」

　　剛剛還不流一滴眼淚，微笑並冷靜送走宗宇的智秀，在替宗宇裝殮後原來是這樣癱軟哭泣啊！以送走愛人的一個女人，而不是一個禮儀師的身分，原來妳是這樣哭泣的啊……就這樣哭了好一陣子，我好不容易才拿起手機傳簡訊給導演：
　　「導演，我們宗宇該怎麼辦啊？我好對不起他，沒有好好對待他……」

　　導演馬上回傳：
　　「不會的，謝謝妳這段期間以智秀的身分精采地生活，現在起別再難過了，我們好好送宗宇走吧，嗯？」

眼淚又再一次掉落。

空氣中飄盪著拍那部作品時，我會點的芳香蠟燭的味道——在涼爽微風吹拂的樹叢中，雨後生起營火的那種味道⋯⋯這股芳香蠟燭的味道喚來了宗宇。

宗宇現在連話都沒辦法說了，
我看著他的眼睛，聽見他的聲音：
「智秀，沒有我妳還是要幸福！
我從來沒告訴過妳，謝謝，
還有對不起，我愛妳，再見。」
淚水不停地滑落。
宗宇閉上了眼睛……
他的身上有著芳香蠟燭的味道。

## 藉由香味得到靈感

　　我習慣在拍攝新作品時，根據每一部作品的形象和氛圍尋找適合的香味，找到適合的香味以後，總會感覺到一股神奇的力量，就好像香味能替自己塑造出那個人的形象。

　　雖然香味沒有形態，卻意外地容易區分，而且十分鮮明。我替每一種香味勾勒出一種形象，並試著想像它的氛圍和情景。

　　替作品選好香味後，從開拍以前的準備階段到開始拍
攝以後，我都會用那款作品專屬的芳香蠟燭或香水，這麼
做不只幫助我投入作品之中，很多時候還能讓人得到靈
感。像這樣為每部作品搭配不同的香味，有一天我突然意
識到，原來香味可以記憶當下的那些時光。每當我走在路
上偶然聞到某一些味道，就會像在時光旅行的少女一樣，
又重新墜入從前的時光。

# 可愛的女人，智秀

智秀，一個親自替愛人裝殮的女人。

還沒讀劇本時，我認為智秀是個狠心而且有些可怕的女人；然而讀過她的故事後，我卻瞬間被擄獲了。在把劇本讀完以前，我完全投入在其中，沒有其他任何想法。

是因為裝殮時一直在聞酒精嗎？ —— 就好像習慣一樣，智秀經常與酒精為伍。因為替人裝殮，所以人們對她的手敬而遠之，這讓智秀很是受傷；甚至，連相愛過的男人都不喜歡她的手，覺得不祥而且可怕。這種情況傷透了智秀的心，她更因為相同的原因離了兩次婚。

有種強烈的念頭產生，我想過一次她的人生。

雖然在別人的眼中，智秀說不定是狠心和強悍的，但是我卻看見了她纖細而孤單、想去愛人和被愛的心。我想表現出智秀的美好，讓這個可愛的女人被看到。毫不猶豫地愛著身體越來越僵硬的男人的那種勇氣，以及渴望待在彼此身邊，溫暖又美好的愛情，我想為這種勇氣和愛情加

油打氣。總之，我想過一次智秀美好的人生，也想讓許多人看到這一段愛情的美麗。

自從下定決心，我就變成了智秀，並且愛上了宗宇。雖然選角還沒確定，宗宇卻已經存在我的心中了。我開始單相思，光是想像就令人悸動到連飯都無法下嚥。

因為想要趕快成為智秀，所以我首先剪了頭髮，還跟很要好的姊姊一起到東大門去買智秀要穿的衣服。

「導演，這件衣服怎麼樣？宗宇應該會喜歡吧？」在東大門買到衣服後我會馬上試穿，然後拍照寄給導演。

「喔～很可愛呢！我好感動。」導演每次傳來的簡訊都很溫柔，之後甚至還在網路上挑了項鍊送給智秀。

在開拍前我就常和導演傳簡訊，而我也像喜歡喝酒的智秀一樣，和導演一起喝過幾次酒。導演不會告訴我智秀是怎麼樣的人，而是讓我自由地去尋找靈感。

導演還介紹了他家辦喪事時認識的一位女性禮儀師讓我認識。一起喝酒的時候也會看我做了什麼動作，然後告訴我：「這樣很可愛，很像智秀。」

　　導演就這樣把智秀引導了出來。在遇見真正的宗宇以前，導演對我來說就是宗宇。

　　就這樣，我慢慢地成為了智秀。

# 不用彩排的電影

「不用想運鏡之類的東西，直接試試看吧……」

《比天堂更近的美麗》的第一場戲是晉州的某個告別式，導演說不用彩排，要我就像智秀一樣自在地活動，不必預先設定動作和動線；而且，電影也會按照時間順序拍攝。這麼一來，心裡放鬆多了。

雖然這是第一次不彩排直接開拍，但是我並不害怕。

我準備的芳香蠟燭，在片場的各個地方散發香味，而我準備的其中一首音樂——吳智恩的〈今晚星星滿天〉，也在片場迴盪著。

身體很放鬆。可能是因為我向來都拍動作戲，所以身體很緊繃，像這樣以放鬆的身體狀態待在片場，已經不知道是多久以前的事了。是因為這是部愛情片嗎？不對，是因為我就是智秀，我從很久以前就以她的身分生活，所以一點都不緊張，而且也不覺得劇本是劇本。

因此，只要用我的想法和語言表現就可以了。

屬於河智苑的
《比天堂更近的美麗》
的電影原聲帶

1. 今晚星星滿天—吳智恩

   當智秀孤單地喝完酒前往進行裝殮的地方，對總是孤單寂寞的她來說，天上的星星是否就是她的朋友呢？因為這麼想，所以我選了這首歌。冬天初期涼涼的天氣，和這首歌溫暖的感覺很搭，我認為這是智秀的主題曲。

2. 抱歉—Star Love Fish

   這首歌是我為《比天堂更近的美麗》所選的主題曲！感覺就像在描寫智秀和宗宇的故事，把電影的內容統統都表現出來了。導演也很喜歡這首歌。這首歌傳達了對彼此感到愧疚卻又說不出口的那種心情。

3. 我為那個人心痛—Epitone Project

   這是我看著宗宇的身體越來越僵硬和吃力的時候常聽的歌。當我因為宗宇要我走而感到難過時，常常聽這一首歌。《我為那個人心痛》歌名就像我的心情寫照，很有感觸。

4. miss you—Taru

   選擇這首歌是因為旋律和當時吹著冷風的天氣很搭。

5. 幸好—李笛

   這是智秀和宗宇合唱時的候選歌曲之一，不過因為這首歌突然爆紅，所以電影只好改選其他首。

6. 在記憶中漫步的時間—Nell

7. 妳在哪裡—Epitone Project

8. 思念—MATE

9. 我們作了相同的夢—015B

   我猜想，不管是我、導演、金明民前輩，或是所有工作人員，我們在電影結束後是不是都有同樣的心情—啊，我們當時是這樣的啊。就像是一起作了同一場夢。

10. 冬天—Hermin

11. 人形之夢—狂戀樂團

12. 哎呦呦呦—YOZOH

    會選這首歌是因為它太有趣了，宗宇和智秀的年紀差很多，所以這首可愛的歌感覺就像是會出現在他們兩個人之間的事情。

13. Ice Cream—Star Love Fish

14. 即使重生—金敦圭&Esther

    這是電影中智秀和宗宇一起唱的歌：「我認為你就是屬於我的人，上天派來的愛……我會全心全意令你幸福，好讓你即使重生也想再遇見我。」

鏡子

把好幾面鏡子放在一起，
然後站在前面，
就可以看到鏡子裡的我，
以及其他面鏡子反射出來的自己。
每當這種時候，
我覺得鏡子就像是巨大奇幻世界的入口。

# 智苑夢遊仙境

　　為了構想這本書和整理思緒，我前往濟州島旅行。

　　剛到濟州島的那一天，雨下得非常大，不停地打雷閃電，住宿的地方也因為停電而突然一片漆黑。我們原本以為很快就會恢復供電，但是事實上並沒有；與其等待電力恢復，我們決定乾脆享受這一段時間，反正這種經驗也是第一次，所有全新的體驗都是令人愉快的。我們一群人開始講可怕的故事，真的覺得很害怕的時候就盡情地尖叫，度過了一晚特別的暴風雨之夜。

　　隔天早上，就像從沒發生過一樣，雨完全停了。在樹林中散步時，前一天的雨水味、被雨淋濕的樹木味、泥土味全都新鮮地撲鼻而來，這空氣在首爾是無法聞到的，而穿透濃密樹葉的陽光也那樣美麗。雖然為了扮成作家而帶了相機和一本筆記本過來，但是現在的我卻著迷於樹林裡的路，只是一直走著，時而摸摸石頭，時間就這樣過去了。

　　之前會來這裡都是為了拍攝，這次來不用工作，可以盡情享受濟州島的美麗，我覺得很棒。這是一趟讓人真的深深陶醉在濟州島魅力的旅行。

獨自長大似乎未經人爲加工的樹木，按照自己的個性茁壯成長；凝結在樹葉上的水珠就像神賜的水滴一樣晶透；還有不見蹤影卻甜美鳴叫著的鳥兒們……

　　這時候，美麗的蝴蝶從眼前飛過，不知道爲什麼，我的心情變得很興奮，開始追起了蝴蝶。蝴蝶停在樹下一個小洞穴，這讓我聯想到追著兔子跑而進入奇幻世界的愛麗絲。如果我也跟著鑽進這個洞窟，會不會變成愛麗絲呢？不過這個洞窟太小了，我根本進不去。

　　就算不進洞窟我也能時光旅行，因爲現在這個地方跟《祕密花園》拍攝的地方太像了，讓人感覺彷彿能重回那一段時光。

　　就像《小寶歷險記》裡敲槌子能打開通往另一個世界的門一樣，我被捲入了《祕密花園》的世界中。

# 我是男人

翻身後從睡夢中醒來，抓了抓身體，咦？好奇怪，我的胸部怎麼了？為什麼沒有胸部？身體又交換了嗎？

以蘿琳的身分生活的這幾天，我一直夢到交換身體的夢。在夢裡，和祖沅交換身體的時候總是會聽到鐘聲，而我則躺在床上像是拍翅膀一樣翻來覆去。隨著持續作這樣的夢，拍攝時感覺更加順利了，因為在夢裡已經和劇中人物開心地打成一片了。

因為我的外表是蘿琳，但靈魂是金祖沅，為了讓身體換回來，所以我親了蘿琳。不知道是不是因為這樣？我覺得那時候的吻跟以往的感覺完全不同。

「啊哈～原來男人和女人的吻是不一樣的啊。」

一直到現在，拍吻戲時有時候還是會有點害羞和尷尬，但現在就算要我採取主動，我也一點都不害羞，甚至還很大方。我腿張開開地坐著，即使等一下就要拍吻戲也完全不緊張。

「用男人的身分生活比想像中輕鬆嘛？」

我越來越興奮。成為祖沅以後，連視線都變得不一樣了，在汗蒸幕看到女人會發出「喔～」的驚嘆聲，然後一

邊上下打量；也可以若無其事地請人幫忙拉內衣肩帶。男人的心態就是這樣嗎？一面這麼想，一面得到了當男人的滿足感。

其實交換身體不只是單純的「男女對調」，而是代表著「我必須變成金祖沅（玄彬）」。為了成為祖沅，我必須做好萬全的準備，不停地觀察小彬的語氣、行為、習慣等等，我請他另外替我錄祖沅的聲音，好讓我可以拿來當音樂聽；還有，檢視演出畫面也是必要的。我跟小彬聊了很多，有時也會替對方唸劇本。

就這樣，當電視劇的拍攝越到後半部，我越來越能理解祖沅的心思和愛意，我喜歡以他的身分生活，也算適應得不錯。

不過即使如此，我還是覺得當蘿琳比較幸福，因為——有個愛我的祖沅。

和對手演員第一次拍攝時，
用墜入愛河的眼神凝視對方
是我專屬的祕密技巧。

## 專屬祕密技巧

演員這個職業的其中一個好處是，可以看著喜歡的人
的眼睛很久。對我來說，看著對方的雙眼，比一百句話語
更令人悸動。

這種時候，我覺得當演員很幸福，因為可以看著充滿
愛意的瞳孔很久。不管是任何作品，第一次見到男主角的
時候我總是會呈現陷入愛河的眼神。

有時候某些角色在第一次見面時並沒有立刻愛上對

方，有時候則是以冤家的身分相遇。

　　但是不論在什麼狀況或是什麼表情，我都會表現出充
滿愛意的眼神，因為這種眼神可以讓女演員看起來更可
愛，而對戲的男演員也會看起來更帥。

# 我愛過的男人們

## 初戀 張城伯

　　他是一個頂著一頭亂髮、穿著破爛衣裳，身上總是有血跡和傷口的男人。他雖然強悍，卻時常流露出悲傷的眼神，偶爾也會露出溫柔的微笑。

　　回想過去愛過的男人之中誰是我的初戀，無須懷疑地，我想起了他──《茶母》的張城伯，總是存在於我心深處、讓人心好痛的初戀……

　　為了隱藏身分而偽裝成聽不見也沒辦法說話的人，待在他山寨的某一天，他說：「希望我們可以相互扶持，生活在一起很久。」

　　聽到這句話的瞬間，心臟就像是要停止了。我害怕撲通亂跳的心跳聲會被他聽到，整張臉都紅了。只要看著他，心就會猛地一沉，我這下才發現原來那就是「悸動」。

　　「啊，我戀愛了。」

　　之前我以為自己只愛從事官，然而我對這兩個人的感情其實是不一樣的，從事官是我想保護的重要的人；張城伯則是想要跟他一起互相扶持和生活的人。因為沒辦法這

麼做，所以我的心好痛。我把張城伯當成一個男人來看，他是我必須抓住的愛，也是明知道他是我必須拿刀對著的敵人，卻還是無法停止，任何人都阻擋不了的愛。

最後，當我拔劍與他相向，刀鋒不知不覺地顫抖著，會這樣不是因為害怕要殺他，而是因為喜歡著他的心在顫抖、從他看我的眼神感覺到這是一段無可奈何的愛。

毫不遲疑地奔向他，讓我獻上一切的熾熱愛情，那正是我的初戀。

# 讓我們相愛吧

## 炸彈般的愛　李在河

　　那如果是《愛上王世子》的在河呢？我想，應該說是像炸彈一樣的愛吧？說不定正是因為南北之間的關係取決於他們，使得他們必須在周圍的緊繃狀態和外部壓力之下守護彼此，所以這段愛情就像不知道何時會爆破的炸彈一樣危險。愛在河的時候，我好像成熟了很多。他如果抱怨自己很辛苦，我總是會先聽他把話說完，包容地與他站在同一陣線。

　　恆兒是一個聰明又有包容力的人，她會在一段時間過去後才靜靜地告訴他什麼方法比較好；她非常有魅力，讓我覺得自己以後要是有老公，也要像恆兒一樣去愛人。不過就算再怎麼聰明和大愛，我也想拍像一般人一樣甜蜜的愛情戲，每次見面就得分開，這真的讓我覺得好可惜。

　　《愛上王世子》劇本每次出來的時候，我都會跟昇基抱怨：

　　「既然扮演情侶，至少要拍一些溫柔的感情戲，我們為什麼老是一見面就被分開？」

　　拜託就讓我們相愛吧，好嗎？

# 從此過著幸福快樂的日子

## 永遠的現在進行式　祖沅

　　《祕密花園》的金祖沅一直都是現在進行式，他對我疼愛有加，要感受到他的愛非常簡單，只要看著他的眼睛就可以了，那種被愛的感覺讓人幸福得就像在雲端漫步。

　　雖然一開始他很刻薄，但是自從他認為吉蘿琳是自己的女人以後，就付出一切去愛她，這不就是所有女人們夢想中的男人嗎？

　　曾經有一次採訪，要我從目前演過的電視劇或電影中選擇一種人生，我一秒都沒有猶豫就回答了──我想當《祕密花園》的吉蘿琳。

　　現在也一樣，只要想起吉蘿琳，就覺得她好像正在某個地方與祖沅過著幸福快樂的日子。

　　雖然像是童話故事中常見的結尾，但不知道為什麼，總覺得至少對他們來說，就像是真實存在的故事。

　　「吉蘿琳和金祖沅從此以後過著幸福快樂的日子。」

那些我愛過的男人們……
現在再也不需要了，
因為他們已經都不屬於我了。
我會繼續談不一樣的愛！

演員生活對我而言意義是什麼？

是接到的作品成為我生命的一部分。

不管是什麼角色，

我都努力想成為「那個人」，

因為對我來說，

演戲就是「以那個人的身分生活」。

演戲時最重要的事情是什麼？

我認為最重要的是，

始終保持至精至誠的精神，

那是沒有一絲虛假的「真心」，

也是全力以赴的「盡心」。

# 鏡中的黃真伊

　　我在片場不太照鏡子，所以常常有人問我真的是女演員嗎？

　　不過，拍攝《黃真伊》的時候不太一樣，我一直在照鏡子，除了手拿的，甚至還有全身的，我總是在鏡子前研究黃真伊。

　　做好黃真伊的扮相後，開始照鏡子。

　　我在鏡子裡看見黃真伊，她是比任何人都還華麗、也比男人更有氣勢的女人；她的眼神，高傲得像是把全世界的男人都踩在腳下，雖然是妓女卻不容隨便侵犯。我繼續照鏡子，希望能找出她的樣子。該做什麼表情？臉的角度該怎麼擺？對著鏡子，仔細地觀察和修改。

　　黃真伊不是單純的妓女，而是真正的藝人，我想要從體內引導出她這樣的魅力，所以雖然打扮得很華麗，卻捨棄了女人的味道。

　　在拍《黃真伊》的時候，我認為世上所有的男人地位都比我低，平常也高傲地生活，因為如果不這麼做，笑起來就會是平凡妓女的笑。

# 真正的藝人

　　穿著破爛的衣服在市場跳舞的最後一幕，這段時間指
導我跳舞的韓國傳統文化研究院的林南順院長告訴我：
「這段沒有特定的舞蹈，妳只要開心地跳就好。」

　　我點點頭思考著，黃眞伊跳舞的時候在想什麼呢？她
是不是夢想著，世上所有人開心跳舞的那一天到來呢？

　　攝影機開始運作，激昂的節奏傳來，我開始手舞足
蹈。那是我沒學過也沒跳過的舞，所以連我自己也不知道
爲什麼當時會跳那種舞。我跳得滿身大汗，而且很興奮，
那是無法用任何言語形容的。拍攝結束後，老師稱讚說，
在我跳過的幾十支舞中，這次的舞最精采。

　　在那一瞬間，我好像成爲了眞正的黃眞伊，只是下意
識地、興之所至地，配合節拍與人們一起愉快地跳舞。我
沒有想過要看起來很漂亮，或是做一些很厲害的動作，就
只是在腦中幻想著世上所有人開心跳舞的那一天。

就算世人讚揚她是最棒的，電視劇中的黃眞伊也不會因此感到高興或滿足；她的一生，就是爲了成爲眞正的藝人而獨自思考和找尋途徑。那麼，她想走的那條藝人之路究竟是什麼呢？

拍攝《黃眞伊》的時候，我明白了所謂的演員不是把自己的才能展現給觀衆看，而是要讓觀衆產生共鳴，還有，不要去注意自己在畫面上看起來怎麼樣、別人怎麼評價我的演技，因爲比這些更重要的事情是：在最自在的瞬間所展現出來的「眞」……

能夠使大家產生共鳴，讓觀衆爲了我笑，爲了我哭，爲了我心動或紓解壓力、得到感動，這不就是眞正的藝人嗎？我也想成爲這樣的藝人和演員。

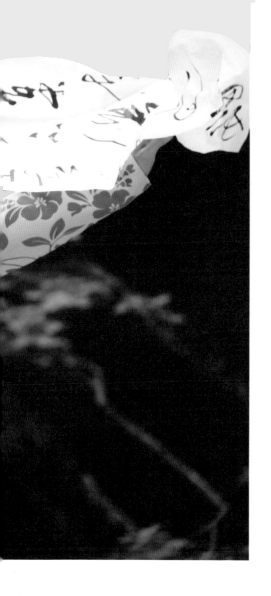

黃真伊的一生，
就是為了成為真正的藝人
而獨自思考和找尋途徑。

雪

我喜歡雪，每次初雪都會誠懇地許下願望，
並找一個沒有被人留下腳印的雪地不停地走。
在我最難過的時候下著雪，
而我終於脫離瓶頸，那時也下著雪。

# 感到世間乏味的那段日子

當演員「河智苑」這個名字開始慢慢被人知道，值得高興的事情多到數不清，但相對地，各種大大小小的試煉也伴隨而來。周圍開始謠傳一些連我自己都不知道的事情，而根據謠言，我是個壞心眼的人。與事實不符的故事，以訛傳訛後越來越誇大。

那是我這輩子第一次想要自殺，也明白了為什麼有些人會做出這樣極端的選擇。

能夠有現在的我，除了得到珍貴的機會、運氣很好，但另一方面，其實長久以來我也付出了非常多的努力。在二十幾歲的時候，我把所有重心放在演戲上，所以那時的感覺就像一切都在瞬間崩塌。我無法置信，怎麼可能會這樣？我身上為什麼會發生這種事？一想到這個世界不懂我的心和真正的我，就讓人委屈得無法入睡。我不停地哭，哭完了就呆坐著，陷入自責的情緒之中。要是以前聰明點，現在的狀況會不會變得不一樣？一定是我太傻了，事情才會變成這樣。河智苑太令人失望了。沒錯，一切都是

我的錯，還能怪誰……

　　縮在房間裡，足不出戶的時間持續了大概有一個月吧？我害怕跟人群接觸，連以前像朋友一樣相處的爸爸媽媽都拿我沒辦法，媽媽也因爲看我的臉色，只能在房門前徘徊。到了吃飯時間，媽媽會把簡單的餐點放在門口後走開，雖然聽到她離開時的嘆氣聲，但當時的我並沒有餘力去想這些，也沒辦法跟她說我很好、不用擔心，有時候甚至還會對媽媽大小聲，叫她別管我。媽媽很擔心，怕我會做出什麼事情，所以最後把我房間的把手拿掉了。

　　雖然房門是開的，但我還是一樣躲在被關起來的房間裡 —— 也就是說，我把自己關在無法踏出任何一步的房間。房間的兩邊都有窗戶，但我不往外看，連透過窗戶照射進來的光線我都不喜歡，所以把窗簾也關了起來。我越來越渺小，就像小蟲子一樣，也飽受似乎成了罪人的那種悲慘感折磨。我覺得好像只要踏出去一步，遇到的人都會對我指指點點的。

　　那時候我覺得一切都結束了。想到一直以來不停地專注在演戲這件事，但現在卻什麼都沒有，就讓人覺得空

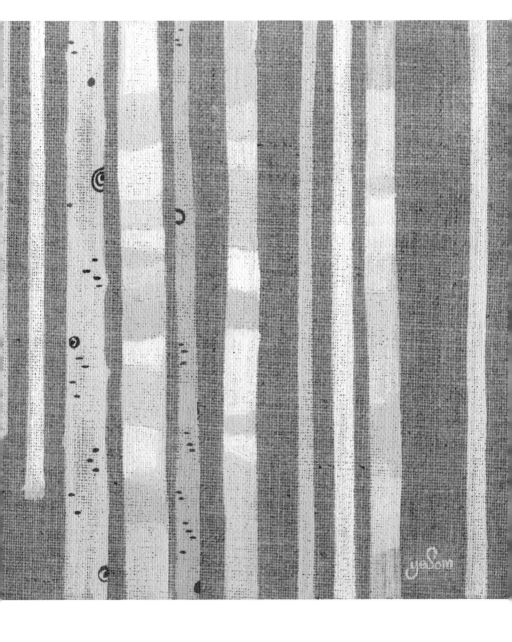

# 謝謝1023的朋友們找回河智苑

　　有一天，叮咚一聲，簡訊通知聲響了。一直以來我都沒有讀任何簡訊，唯獨那封簡訊的聲音聽得特別清楚。我在沒有任何意識的狀態下確認了那封訊息。

　　「姊姊～妳打開窗戶看一下～」

　　猶豫過後，我偷偷透過窗簾小小的縫隙往外看。

　　外面下著雪，地上也積了很多雪，而我心愛的1023[*]粉絲們就站在外面，舉著上面寫了「姊姊～加油！我們相信妳！我們會等妳～」的布條。

　　看著開朗笑著的他們，我的嘴角也跟著不自覺地抽動了，不過，我沒辦法好好地笑，反倒流下了眼淚。雖然心裡很想到外面去抱抱他們，但我沒有勇氣也沒有力氣，只是蹲坐著哭了好久。不知道他們是不是知道我的狀態，所以沒有人叫我出來，就只是抱著希望我看到的心情，在那裡站了好一陣子，然後把布條掛到樹上以後就靜靜離開了。

---

[*] 1023：這是河智苑粉絲團「我們愛河智苑」中稱呼會員的用詞，由河智苑開始使用，是代表「愛」的英文單字「LOVE」的變形字。

一直到外面的天色變黑，我才一個人走到外面。當我在 1023 朋友們站過的地方徘徊，好像真的感受到了他們的那份心意。我發覺自己原來不是一個人，還有人正在等待並相信我；而且，把自己鎖起來、逃避世上所有人的那個人，其實就是我自己。

　　隔天我又開始出門運動了。我告訴自己，沒有人會注意我，沉重的心情也就釋放了。流汗運動過後，身體和心靈都很舒暢。就這樣，生活開始慢慢回歸正常。

　　如果沒有 1023 朋友們，會有現在的河智苑嗎？要是他們當時沒有讓我重新振作起來的話，現在的我會是什麼樣子？ 1023 不只是粉絲，更是我珍貴的朋友和家人一般的存在，我真的很想緊緊牽著他們的手，再一次告訴他們：「我真的很感謝，也真心地愛你們。」

1023 ！
我們再愛個
一百年吧！
一直都很謝謝你們，
我愛你們。

## 重新喜歡上雪

我喜歡雪，討厭寒冷但還是喜歡冬天的原因，就是因為冬天會下雪。下雪時就算塞車也好，路面很滑也沒關係。國小聽說看到初雪時許願的話願望會成真，所以之後每年看到初雪我都會許下願望。有時候初雪在晚上睡覺時來臨，我都不知道有多傷心呢。每次下雪，我喜歡跑到外面，在沒有人踩過的雪地上留下腳印，而且還一定要堆雪人。每一年我都這麼享受下雪，從沒間斷過。

把自己關在房間裡的那一年，是唯一就連下雪也不到外面好好看雪、堆雪人的一年。那時候很難受、很害怕，連一直都很喜歡的雪也沒辦法讓我提起勁。那年的冬天，對我來說是很「殘酷」的季節。

但在隔年的冬天，我因為電視劇《黃真伊》得到了KBS 的演技大賞。我完全沒有想過自己會得獎，能重新踏入頒獎典禮已經讓我感動不已，就像重回片場那時候一樣。當我因為感動而呆呆地坐在場內時，聽見有人喊了我的名字。

從位子上起身直到站上台，我的腦海中不停地在想，什麼？我？是我嗎？怎麼可能？我怎麼可能會有這種機

會？很感謝很幸福，同時也無法置信，懷疑自己眞的能接受這座獎嗎？無法用言語形容的情緒一湧而上。這是一座很特別的獎，不是用「高興」或「感謝」就能說明的。

一直到那個時候，我的狀態還是很消沉，就像一個只被允許在片場呼吸的人一樣。我沒有自我，只有明蘭和黃眞伊；一旦離開了角色，我就再也不存在，跟透明人一樣……

但是演技大賞叫到我名字的當下，感覺就像是這個世界在呼喊我一樣。人們在叫演員河智苑！

看來是這段期間太想得到肯定了。期望以演員的身分受到認可，期望以精湛的演技受到肯定……我認爲這是唯一的活路，並默默地度過了一年，而在那一刻，期望終於得到回應了。

當時我的得獎感言好像也是這麼說的——眞的很感謝有《黃眞伊》這麼好的作品，讓我可以重新以河智苑的身分站在這裡。

那一年，新的冬天開始了，
我又對著初雪許願，堆雪人，
在雪地上留下腳印。
今年我一樣等待著初雪，
這次要許什麼願呢？

## 少女

拍完電視劇《愛上王世子》後的那段休息時間，我在光化門教保文庫「夢想，遇見良師」的演講，與高中生們分享我過去低潮的時期，有 1023 朋友們待在我身邊的故事。我說，在我認為所有人都離我而去，世界上只剩下我獨自一人的那個時候，因為有 1023 我才有了力量。

演講結束後在替所有學生簽名的時候，有一個少女來找我簽名時這麼說：

「可是我身邊什麼人都沒有，沒有家人，也沒有朋友。我要怎麼辦？」

聽到這個問題後，我非常驚訝，也很慌張。
怎麼辦？什麼人都沒有……什麼人都沒有……！
這種時候該說些什麼呢？
腦袋暫時一片空白，接著我一把握住她的手。

「我會待在妳身邊！妳要加油！」

聽見我這麼說以後，她笑了。

「真的嗎？那我可以加入妳的粉絲團嗎？」

看著開懷笑著的她，我才稍微放下心。我那段艱辛的時光，還有克服難關時的心情，是不是傳達給她了？她有沒有感受到我的心意呢？雖然沒有能力立刻替她解決問題，但我希望至少能讓她理解我的心意。

看她帶著輕快的腳步離開，我的心頭一陣酸。希望她能更常笑，並且遇到能讓她敞開心胸的某個人⋯⋯

人一旦遇到挫折，很容易就會把自己關起來，把狀況引導到更不好的方向。只往不好的方向想，是一件非常危險的事情。這種時候就算只是感覺自己不是孤單一人，有人陪在身旁，就足以重新振作起來了。

如果還有人像那個少女一樣，說自己的身邊沒有任何人，我一樣會這麼告訴他們：「我會待在你身邊，再振作一點吧。」

還有，我想拜託大家，如果你的身邊有一些處在低潮之中的人，請不要推託說沒時間，請馬上去見他，聽他說話，握握他的手。別讓孤單難過的人們覺得自己只有一個人，馬上去見他們，聆聽他們說話吧……

# 下了戲的智苑

　　第一次和現在已經是我「Best Friend」的姊姊去吃飯時，那時候我們要去吃咖哩，我像平常一樣戴著帽子，把帽簷壓得低低的。姊姊可能覺得我不太自在吧，於是跟我說：

　　「智苑，脫掉帽子輕鬆地吃頓飯吧。沒有關係的。」

　　聽到這句話後，我心裡想著：「喔？真的沒關係嗎？」同時毫不猶豫地脫掉帽子，彷彿原本就等待著這樣的指示一樣。該怎麼形容那時候的感覺呢？也許可以說是像電影中原本隱藏著美貌的女主角，脫掉帽子的瞬間立刻開始釋放魅力吧？

　　「不管妳戴不戴帽子，其他人都會認出妳。妳不戴帽子比較漂亮，而且其他人也會因為今天看到妳而開心。以後多多展現妳漂亮的樣子吧。」

　　聽到這句話以後，眼淚在我的眼眶裡打轉。

　　我怎麼會這樣？為什麼我認為出門就得戴帽子？為什麼一直到現在都沒有人告訴我這句話？要是有人這麼告訴我，我就能更早脫掉帽子了……

　　那天脫掉帽子之後真的什麼事情都沒有發生，是我過

去太傻，活在錯覺裡。不戴帽子的話，看到對我笑的粉絲們，其實反而令人更愉快，而且不會悶、很涼快，食物也因為心情放鬆而變得更香。那一天吃的咖哩，是我吃過最美味的咖哩。

在那之前，我出門都會戴上帽子，雖然沒有人要求，但我卻認為一定得這麼做。我以為河智苑只能活在電影或電視劇裡，所以平常都躲在帽子下；不知道為什麼，難得出來跟朋友見面的時候，也覺得好像得早點回家，總是急急忙忙吃完飯就跟朋友分開。

從那之後，我出門的時候會穿漂亮一點，吃飯也會吃得更享受。就這樣，在外面的時間變得很愉快，因為不只是在電影或電視劇，連在日常生活中我也成了主角。

脫掉帽子以後，
我越來越幸福了。

## 該回來了，妳是河智苑啊

　　每次拍攝，我總是會沉醉在角色之中，以那個人的身分生活，所以，演技固然很重要，但拍完之後該怎麼從角色中抽離，也一樣重要。然而，在拍完《比天堂更近的美麗》之前，我還不知道這件事有多重要，也不明白如果無法擺脫角色，是多麼嚴重的事情。

　　可能是因為太投入在智秀這個角色了吧？我花了很多時間才從智秀回歸到河智苑。從開拍之前我就過著智秀的生活，加上整部電影都是在釜山拍攝，所以在那裡的三個月完全都是以智秀的身分度過。

　　送走宗宇後只剩下孤身一人的智秀，可能是因為她在我心裡的位置太深了，拍攝結束後我經歷了嚴重的憂鬱症，不太說話，不太笑，而且也幾乎不出門、不太跟親近的人見面。

　　有天我因為太想吃冰淇淋，所以到社區的店買了一枝冰，結果回家的路上卻突然開始大哭。我很慌張，明明不是該哭的狀況，眼淚卻一直流下來。雖然身邊的人都擔心地勸我：「該回來了，妳是河智苑啊。」但我還是沒辦法輕易辦到。

雖然這是演戲的人一不小心就會疏忽掉的地方，但，陷在角色裡面無法脫離真的是一件很危險的事。當我聽到在《黑暗騎士》中扮演小丑的希斯萊傑去世，嚇到全身起了雞皮疙瘩。一直以來也不乏有人找我演壞人的角色，但我都因為害怕而故意避開這些角色。一旦接了某個角色，就要以她的身分生活好幾個月，我覺得要一直抱著那種歹毒的心是一件非常辛苦的事，而且也很擔心自己無法從角色中抽離。

　　同樣身為演員的河正宇，我在他的書中看過他的畫，所以曾經還有點羨慕他，因為我覺得他好像是透過畫畫從角色中脫離，畫畫彷彿就是一個出口。

　　我大部分都是透過旅行來抽離角色，可是旅行要等戲全都拍完才有空，如果可以找到在拍攝期間也能隨時從角色中脫離的方法，我應該就能接壞人的角色了。

# 生活中的悠閒

「妳可以 100% 愛對手演員是因爲妳沒有眞正愛的
人。」

「喔？是……是這樣嗎？」


跟我很親的人這麼說，解釋得好像有些道理，所以我
點了點頭，但另一方面卻又感到難過。啊！如果不是以演
員河智苑的角度，而是以一般人河智苑的角度來看，一般
人河智苑沒有在戀愛，這樣不是有點可憐嗎？

可是我覺得以角色的身分過生活很有趣啊！之所以選
擇這樣的人生，就是因爲我想體驗這樣的生活。能開發出
不一樣的自己是一件很享受的事情，而且我也眞的當成是
自己的生活在過。

每一部作品，包含準備時間，長的話要花六個月，這
怎麼能說不是我的生活呢？演戲的時候，我並不覺得在演
戲，反而認爲是在過自己的人生。

拍戲的時候是最幸福的，除了有我愛的某個人在，還
有許多人圍繞在身旁。就像是時光靜止一樣，我很享受作

品裡的人生，那種感覺應該可以說是像《小寶歷險記》一樣，進入別的世界中生活了一段時間的吧？

可是，演戲雖然很幸福，卻也不是沒有後遺症。以前的我，作品一結束就忍不住想趕快開始下一段新的生活。我的生活在沒有拍攝時是乏味又無趣的，為了要讓自己感覺活得很充實，所以運動和新的課程總是塞滿了我的行事曆。

會有這樣的問題，可能是因為我出道後每年通常拍兩部作品，以自己的身分生活的時間不多，所以我不知道平常該做什麼，也沒有人告訴我要怎麼做；不過也有可能單純是因為我不知道該怎麼享受短暫的悠閒罷了。

原本這樣的我，因為某個契機而變得不一樣了。在拍朴鎮杓導演的《比天堂更近的美麗》時，因為我飾演的是禮儀師智秀，這個角色沒有動作戲，所以不需要另外練習，加上拍攝期間都住在釜山，移動的時間很少，所以我還有很多空閒的時間。

住在釜山的三個月，我有很多全新的體驗，像是下雨天躺在房裡欣賞一整天的雨；在陽光露臉的好天氣盡情地曬太陽，一面看著雲朵飄來飄去的天空；另外，因為朴鎮杓導演要我試試看在白天喝酒，享受那種慵懶的悠閒，所以我也試過在白天喝紅酒，結果呢？真的感覺很不賴。為什麼以前總認為酒就要在晚上喝呢？我敲了敲自己的頭，一邊笑著。這種微小卻又令人幸福無比的感覺我竟然活到現在都不知道，一方面覺得自己好傻，一方面又覺得幸好現在已經知道了。

　　那是我第一次感受到悠閒。啊～原來閒暇時光也很重要啊！原本就算沒人要求也會勤快地把行程排滿的我，已經慢慢學會享受慵懶了。

　　現在的我一樣持續在尋找平常能娛樂的方法，也想找到除了演戲以外能夠投入的東西，還有擺脫角色、釋放角色所帶來的疲勞的方式。

幾乎可以算是我的精神科主治醫生的經絡師常常這麼說：「雖然妳是演員，但妳不要連自己的人生都以演員的身分度過。」

不只是作品中的角色重要，田海林的生活也很重要，我卻一直都沒發現。當田海林的生活變得更豐富、更幸福，應該也能更容易投入角色和從角色之中抽離。

# 沒有經紀人也要自己好好生活

到目前為止，我的演員生活幾乎沒有間斷過，可是隨著時間過去，說不定有天我也會變成沒人要看的演員，到時候空閒的時間、以田海林的身分生活的時間可能會越來越多。那時候，沒有經紀人我還有辦法生活嗎？

因為演員生活幾乎沒有間斷過，所以經紀人大部分的時間都陪著我。雖然現在我偶爾也會自己去見朋友，但之前要是沒有經紀人，我簡直什麼事都做不了。我沒有自己去過超市和咖啡店，也沒有去過圖書館和旅行。

最近，我常常開始思考除了演員生活以外，也應該好好過自己的人生。

以前曾經發生過這樣的事：當時我突然很想一個人喝酒，於是鼓起了勇氣出門。我用帽子和大衣把自己包得緊緊的，不知道在社區裡繞了幾圈，最後卻因為實在沒有勇氣進去任何一家店，所以就在冬天寒冷的路上徘徊了好幾個小時。

我也跟父母分開住過，當時我住在一條斜坡路的最頂端。有天我一個人在家，突然需要用到一個東西，可是天氣很冷，公司又不讓我開車，加上那時候沒有行程，所以

經紀人有其他事，但我又一點都不想自己出去買，於是我就一邊大哭，一邊打電話給副社長：

「嗚嗚，請幫我買衛生棉，嗚嗚～」

天啊！這是小時候的事，現在我已經成熟多了（？），而且也正在慢慢學習獨立。到現在我還沒有一個人去旅行和兜風過，有一天我一定要辦到！

Her Story 2
—
# 河智苑這個演員

## 汗水

機會不知道什麼時候會來，
但總有一天會來，
我下定決心要是得到了「機會」，
一定會緊緊抓住不放手。
我有多渴望，
就有多努力地揮汗準備。

# 做到好為止

「妳比看起來還倔強喔？」

這是我考上戲劇電影科之後，到經紀公司時他們對我說的第一句話，我以為這是通過第一關的意思，開始興奮地以為自己真的能演戲了，不過，原來那只是我的誤解，殊不知以後還有更多考驗跟關卡等著我。

關於大學一年級的記憶，我只記得自己當時到處去試鏡，偶爾雖然也會有演出指定角色的正式試鏡，但大部分都只是跟相關工作人員開會。經紀人會透過電話通知會議的時間和地點，我則自己上妝、挑選合適的衣服，然後從水原坐將近兩小時的電車到首爾。然而，每次試鏡都沒有好結果。

雖然每兩天就去一次電視台、電影公司、廣告公司開會，但是每次都碰釘子，而且很多時候開會時間甚至不超過五分鐘。他們不會說明哪裡不滿意，或是要找怎麼樣的演員，頂多只是說一句「下次見」。一年多的時間，試鏡失敗了一百多次，連原本充滿熱情的我都感到虛脫和無力了。我還聽說有演藝圈相關的人很認真地告訴經紀人：「她不行，把工夫花在有潛力的人身上吧。」

這種話對我來說反而是一帖良藥，它讓我明白，演員之路不是進了戲劇電影科就會開啟，所以就能坐著什麼都不做。我咬緊牙關，決定改變自己。為了改變肉肉的身材和減掉嬰兒肥，我以七公斤為目標開始減重，每天清晨都到我家後面的山上跑步。媽媽每天早上五點鐘叫醒我以後，我就急忙起床用保鮮膜把全身包起來，為了流多一點汗，還會穿上排汗衣和運動服，而媽媽也會穿上運動服跟我一起跑。

　　雖然減重是下定決心才開始的，但是要一天也不懈怠地在清晨起床卻不是一件容易的事情，尤其當時剛好是冬天，所以我也有過非常不想出門，求媽媽休息一天的經驗。我還以為媽媽會說如果累了就休息一天，沒想到她卻說休息一次就會一直想休息，拉著我的手去運動。

　　我踩著緩慢的腳步，無奈地開始爬山，途中因為覺得委屈開始淚如雨下，結果卻聽到後面傳來了哽咽的聲音，我嚇了一跳回頭看，原來是跟在後頭的媽媽在偷哭。我原本以為只有自己很委屈和辛苦，那時候才發現媽媽原來比我還傷心。

連年輕氣盛的我都覺得辛苦，更不用說已經年過四十的媽媽了，這對她的身體是多大的負擔呢？狠下心帶著還想繼續睡覺的女兒出門，她的心又該有多痛呢？各種情緒同時襲上心頭，精神為之一振。

從那之後，我開始了真正的演員修練，凌晨爬山，白天學爵士舞、騎馬，晚上學合氣道、劍道；另外，我也沒有忘記要磨練演技，所以也會自己在家看影片學習演戲；我不跟朋友見面，也不和他們電話連絡，因為我怕一旦跟他們講了電話，就會想要休息和玩樂，這樣可能會讓自己變得越來越懶惰。

雖然用文字寫下來不過是幾行字，但那一年多的時間，真的極其孤單和痛苦。我之所以能夠撐過那段艱辛的時間，都要謝謝在身邊當我朋友的媽媽。不管是那個時候或是現在，媽媽都是我最好的朋友和給予我力量的人，要是沒有她，說不定我根本沒辦法達到自己所立下的目標。

# 上天所賦予的機會

在成為演員的這條路上，我遇過許多很好的機會。對一個演員來說，還有什麼事情比遇到好作品更幸運？回顧不算長的演員生涯，覺得自己真的是個很好運的演員。

不過另一方面，我也明白了一件事 —— 所謂的「機會」，就是在你正在準備時降臨的。透過電視劇《學校2》讓大家知道我以後，我一樣持續學習、練習，並且努力彌補自己不足的地方。因為不知道往後會接到什麼作品和角色，所以也盡可能地做全方面的準備。

因為除了基本的體力訓練，我還一次學了合氣道、劍道、騎馬、爵士舞、高爾夫，所以經常覺得疲勞和辛苦，不過我總安慰自己：「智苑～如果會的東西比別人多，就會先得到機會！」並一面等待著機會降臨。

當機會降臨並且伸出手，我毫不遲疑地抓住了那雙手，而最令我印象深刻的機會是電視劇《茶母》。我覺得以後一定會用到騎馬和劍道，所以決定先學起來放，而在拍攝《茶母》的時候，這兩種技巧徹底得到了發揮的機會，所以我甚至出現這部電視劇像是為我量身打造的感覺。

這樣的巧合很奇妙地持續發生，像是我學了爵士舞就馬上接到電影《色即是空》的提案，學了鋼琴就接到《傻瓜》一樣。

　　每次接到跟我學過或正在學的東西有所關聯的作品，我都覺得很神奇而且興奮。學新的東西對我而言變成一種很起勁的事，只要我做好準備，機會就會降臨，而我只要抓緊它就好了。

　　還沒做好準備的人就算遇到機會，也很容易因為「這我不會做，我還辦不到，怎麼辦？」這種想法而猶豫，導致錯失良機。

　　當機會降臨，我不會拖拖拉拉，而是好好把握它，至於這股力量，我一直都深信是來自於已經做好充足的準備。

　　所以，只要一有空我就會陷入甜蜜的煩惱──這次要學什麼呢？

我希望每一天都活得精采，

不要留戀於過往，

也不期盼還未到來的時刻。

我相信現在這瞬間就是我人生最棒的時候。


今天我也會拿出所有能量，

去享受最棒的收穫和幸福，

**這就是我的風格。**

# 安聖基前輩的模仿精

「哈囉？智苑來啦？睡得好嗎？」

總是笑著先向人打招呼的安聖基前輩，對我而言就像老師一樣的存在。

一開始因為安聖基前輩是大前輩，我不敢叫他「前輩」，所以就稱呼他「老師」，但是一起拍《真實遊戲》（Truth Game）時，他卻真的變成我的老師了。前輩總是用行動讓我看到身為演員應該要有的態度和德行，這些是沒有人能夠教的。

在拍《真實遊戲》時，前輩是一個地位崇高到讓我連話都不敢跟他說的人。而且，實際上我們也沒辦法多聊，因為電影中分別扮演檢察官和嫌疑人，為了維持緊繃的對峙感，所以除了台詞以外，我們私底下並不會互相交談。我會觀察前輩在片場的所有行動，然後照做。那時候的我什麼都不懂，也沒有人說明或教我關於演戲的事情，所以，不管三七二十一地模仿安聖基前輩，就是我在現場的功課。

不論是對誰，安聖基前輩在片場總是用溫和的表情先

打招呼，並笑著給予鼓勵。

他謙虛而且瀟灑，令人不禁想，身為所有人都認可的國民演員，達到了最頂尖的位置，怎麼還能那樣呢？應該說他是一位很會享受並且感受現場一切的人嗎？每次和前輩一起吃飯，就算只是一道菜，他也一定會說很好吃，讓氣氛活絡起來。

電影工作人員從幾十人到幾百人都有，加上常常要移動，所以記住工作人員的臉和名字是很困難的。前輩雖然也不是能夠記住所有工作人員的臉和名字，但他總是抱著「在現場的人都是我們的家人」的心態，不管看到誰都親和以待，笑著說：「你好，辛苦了。」

大韓民國最厲害的明星笑著對自己打招呼，有人會不高興嗎？前輩打招呼的所有對象都會跟著他一起笑，而且愉快地工作下去。我也是個很常和別人打招呼的人。我說要當演員的時候，爸爸叮嚀我一定要遵守兩件事：一是好好打招呼，二是準時。我把這兩件事記在心上，努力實踐著，而看到安聖基前輩以後，我明白了這樣的習慣

有多重要。我也開始像前輩一樣，用開朗活力的聲音對在現場的人打招呼。

「你好，我是河智苑。」

先笑著對人大聲打招呼的話，除了可以更快跟工作人員變熟，在現場也會變得更自在。感覺自在了，演戲也自然變得更開心和有趣。

我還從前輩身上學到一點：提早到現場。安聖基前輩總是比我早到現場，這點讓我非常驚訝。

還有，前輩連簡單的排練都不假手他人，不管是演戲的排練、拍攝前確認走位的工作，或是為了依照演員的位置設置光線和攝影機，所以必須有人暫時站在那裡的工作，前輩絕對都是自己來。我是新人，自己來是當然的，可是像前輩這種大明星也親自上陣，讓我有些驚訝。

之後有了更多經驗，我才知道演員自己站在那裡，跟其他人站在那裡的差別很大，因為這樣光線才能根據自己

的長相或臉的角度做細微的調整，而攝影機也是一樣。

這些舉手之勞，能讓作品的細節更出色，也能讓自己的角色表現或演技更生動，這些都是我從前輩的行動中看到的。

安聖基前輩應該不知道，在拍攝的期間，我一直在模仿他，看到前輩不管去哪都帶著劇本，所以我也跟著劇本不離手；前輩吃飯的時候帶著劇本，等餐點上來之後，把劇本放在左邊，我也跟著把劇本放在餐桌的左邊；前輩上廁所帶著劇本，於是我也照做。

有一天，服裝組的工作人員對前輩犯了很大的錯，導致拍攝延遲，當時片場瞬間充滿緊張感，這種時候要是主演的演員不高興，整體的氣氛都會變得很沉重，然而前輩沒有不高興，反而鼓勵做錯事的工作人員，親切地提出解決的建議。

前輩的體貼，對整個片場還有一起工作的人有很大的影響，我在心中又記下了這一點。

就這樣，新人演員對大前輩的一舉一動都進行分析，雖然這麼做不會讓演技立刻提升，但是從前輩那邊學到的態度，在拍下一部電影的時候馬上就有收穫了。

　　在拍電影《靈魔》的時候，常聽到有人稱讚我態度很好；我只是像安聖基前輩一樣看到人就主動打招呼、提早半小時到場準備、仔細排練而已，就被稱讚很專業。

　　安聖基前輩現在穿起牛仔褲還是自信滿滿，光是看他的背影就能感覺到一股青年的氣息。他是個自我管理相當徹底的人，聽說他從年輕開始一週固定運動三次。

　　我從前輩身上學到了很多，所以就像口頭禪一樣，我常常會對比我資淺的演員說：「如果你可以跟安聖基前輩一起演戲就太好了。」因為光是跟前輩在一起，就能體會到很多事情。

　　《真實遊戲》過後五年，我跟安聖基前輩在《刑事：Duelist》中扮演刑事，時隔五年又在《七號禁地》（SECTOR 7）中重逢，這次前輩飾演的是鑽油船的船長。一直到現在，前輩依然是最早到現場、最認真準備，也是

笑容最溫暖的人。現在的我已經不是二十歲的小丫頭了，所以也能跟前輩開開玩笑，下戲後一起喝酒。（當我調出爽口的「燒啤[1]」比例，把前輩迷倒時，感覺真的很棒！）

---

1 一種混酒，指燒酒加啤酒。

我最幸運的事情是剛踏上演員之路就遇見前輩，
不管到哪裡我都驕傲地這麼說。

## 拋開自我，成為南順

　　《刑事：Duelist》裡的南順是個比男人還粗獷的女武士，所以導演希望我盡可能地扮醜，連講話也要粗聲粗氣的。

　　一開始我有點難過，這段時間以來我從沒有一定要漂漂亮亮上鏡的想法，可是我畢竟是個女演員……所以也不是不想看起來美美的，然而，那時候卻連 0.0001% 的小小希望都得丟掉。

第一次完全拋開自我，
我成為了「南順」。

# 吊鋼絲的女人

拍過很多動作戲，所以在吊鋼絲飛來飛去的這方面我有一些還不錯的技巧。不過，雖然被稱為「動作戲女英雄河智苑」，但我也不是一開始就對吊鋼絲得心應手的。

因為我是一個連雲霄飛車都不敢坐的人，所以第一次被綁上鋼絲釣到空中時，我尖叫到不行，把工作人員都嚇壞了。不過，之後透過畫面看到自己吊鋼絲在竹子之間飛來飛去的樣子，那效果很真、很好看，所以我也就滿足了。

《茶母》竹林對決的戲是我被綁在鋼絲上超過十小時才拍出來的，因為覺得解開裝備再重新裝好的時間很浪費，所以我都是請他們把飯弄到檯子（片場或工地所使用的有腳支架）上讓我吃，連鋼絲都不用解開。

想當然地，我的身體狀況也不可能很好。吊鋼絲必須用細而堅硬的線綁住身體，再用起重機拉線讓人升到空中，就算只是綁一下子都會讓人痛到立刻飆淚。而且，吊鋼絲的線會陷進去骨盆的肉裡，所以拍攝的時候，我的身上總是有瘀青。

問題更大的地方是脊椎。因為鋼絲，我的脊椎歪了，

導致睡覺的時候沒辦法好好平躺；加上那時候處於拍攝期間，所以我也沒有想到要好好接受治療，就只是一直縮著身體睡覺。那時候的我縮成一團以後，大概要忍受十分鐘的痛才能入眠；而當年受傷的脊椎，直到十年過去的現在都還要接受治療，我自己想起來也覺得以前實在是太無知了。

# 跟實戰一樣的亂打之戰

就算充滿熱情和挑戰精神，在工作上有時候還是會遇到極限。在拍《第一街的奇蹟》（Miracle On 1st Street）的後半部時，我就遇到了這樣的情況，那是在拍攝明蘭挑戰東洋冠軍時的場面，為了那七、八分鐘的影片，一天要花十二小時，總共耗了整整四天。

上場前，鄭斗洪武術導演就像是要先發制人一樣，丟出了一句話：「沒有什麼招式，直接來真的。」

尹濟均導演說不想拍像是套過招的動作戲，我二話不說地同意，所以有將近一個半月的時間，我認真地進行了拳擊訓練，而且期間被打得很慘。可是，當真正面臨拍攝的時候，還是忍不住會緊張。

戴上護牙套以後，我雄糾糾氣昂昂地站上拳擊場。對手也站上台，像是在暖身一樣繞圓圈，一邊瞪著我。這時候導演大喊：

「智苑攻擊！」

聽到信號，我衝向對手，出拳了幾次後導演又喊：

「秀玹攻擊！」

這一次換對手的拳擊手套朝我的臉和腹部打過來，就這樣互相攻擊了幾次以後，我聽到了一聲「亂打！」的大叫聲，這是要我們兩人自己看情況打的信號。我使出這段期間所有學到的拳擊技術，一面拚了命地揮拳，一面挨對手的拳。因為真正的比賽不用頭套，必須舉手保護臉部，所以對方如果在我要伸手攻擊的時候揮拳過來，那我就只能被打了。說是演戲，但根本就是來真的。

「再大力一點！」
「什麼？還要更大力？」

導演用更大的音量，毫不留情地喊著。
「不會再大力點嗎？！」

導演的要求都一樣。

「大力點！太弱了！大力點！」

我抱著豁出去了的心態，開始使盡全力揮動手臂，就在這個時候，「啪」的一聲，對手的鼻子開始流血。

「啊！」

流血的人是對手，尖叫的人卻是我。那是我第一次把人打到流血，看著滴落的血，我害怕地發抖，眼淚也像瀑布一樣洩洪。當我全身無力想要癱坐下來時，導演大喊：

「河智苑！妳想把這三個月的辛苦都毀掉嗎？妳要不要好好做啊？」

心裡頭突然有股熾熱的感覺，我咬緊牙關繼續打。接著，我的臉被對手一記猛力的拳打個正著。鼻子發出喀答的聲音，然後一陣刺痛。肯定是出了什麼問題。

但是我不能就這樣停下來，因為我不想中斷拍攝，這麼可怕的戲，我絕對不要再拍第二次了。

一拍完，工作人員就圍了上來，他們擔心地跟我說我的鼻子腫起來了，可是鄭導演卻看一下就酷酷地說：「沒

斷掉，沒關係。」

　　因為武術導演說沒關係，所以我以為沒什麼事，就只是冰敷，沒有去醫院。之後我才知道我的鼻梁歪了，現在想起來才覺得當時怎麼會那麼傻，竟然沒有多加注意。

　　不過，當時的身分不是演員，而是拳擊手明蘭，所以那麼做也是不無可能。如果是明蘭，應該會用像導演那酷酷的語氣說：「沒斷掉，所以沒關係。」然後就走上拳擊場。

　　我還有過在一陣亂打的途中昏倒的經驗，一睜開眼就看到尹導演擔心地問：

　　「智苑，怎麼樣？有辦法繼續嗎？如果太吃力的話就先到這裡，休息過後再拍。」

　　休息過後再拍？不行！最後這場戲有多重要啊！想要演出現在的表情和感覺、汗水，一定要重頭再來一次，那不就代表又要再受一次剛剛被打的份量嗎？！

　　我在非常短的瞬間就決定不能這麼做，為了走到這裡有多辛苦啊！我拖著彷彿重達千金的身體起來纏著導演。

「我可以，導演！我辦得到！」

雖然如此，但我的心裡不免覺得這麼做就好像是搬斧頭砸自己的腳一樣。不過，後悔已經太遲了。

「拍完最後一幕的戲，請導演也在台上撐三回合看看吧。」

我決定小小地報復導演一下，讓他體會我在拍攝時所承受的痛苦，即使是感受到一點點都好。導演則是微微笑著，說他知道了。

拍攝的最後一天導演到處閃躲，最後還是被工作人員拱上台。導演和電影中扮演我的陪練對象的冠軍選手對打，他的身材比女選手高，手也比較長，所以好像躲得很好，也出了幾次拳，可是被真正的拳擊手強打以後，導演也開始站不穩了。每當對手出的拳正中導演的身體，圍在一旁的我和工作人員就很開心地嘻嘻笑。

被 KO 之後，導演搖搖晃晃地下台。他擦了擦汗，發自真心地說：「智苑，原來妳真的很辛苦啊。」

我只是笑著回答：「至少導演您現在知道了，那就太好了。」

　　如果有人問我最辛苦的角色是哪一個，我會選擇《第一街的奇蹟》的明蘭，要是現在叫我演這個角色，我應該是辦不到。而且最後的拍攝，始終態度冷淡的兩位導演也讓我很不是滋味。

　　我當然也不是不明白導演爲什麼會這樣，因爲要是導演那個時候一直說「我們智苑怎麼辦」，拍攝應該無法順利結束，不對，應該會拍出一部不到位的電影吧。

　　之後我在拍《祕密花園》時又遇到了鄭導演，他對我就像對待高麗青瓷一樣，每次拍動作戲都會一直說：「河智苑，小心！小心啊！」而且每拍完一場戲，他就會跑過來問我：「妳沒事吧？眞的沒事嗎？」。

　　「他眞的是當時的鄭導演嗎？」我想到以前的事，在心裡偷笑。

　　雖然當時覺得好像快累死了，現在卻能笑著說出來，看來時間的力量眞的很強大。

真正成為那個人，
跟她一樣哭泣，
跟她一樣陷入愛河。

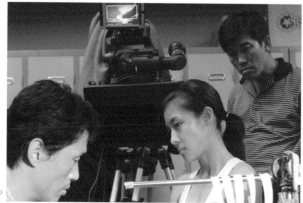

變成她，
就是我演戲的一切。

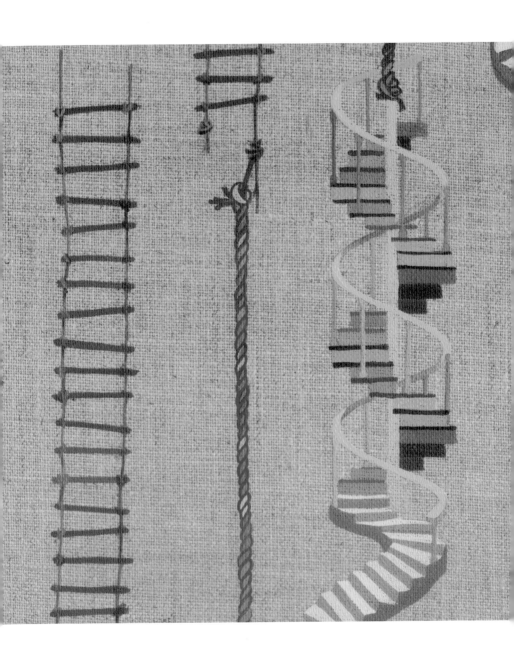

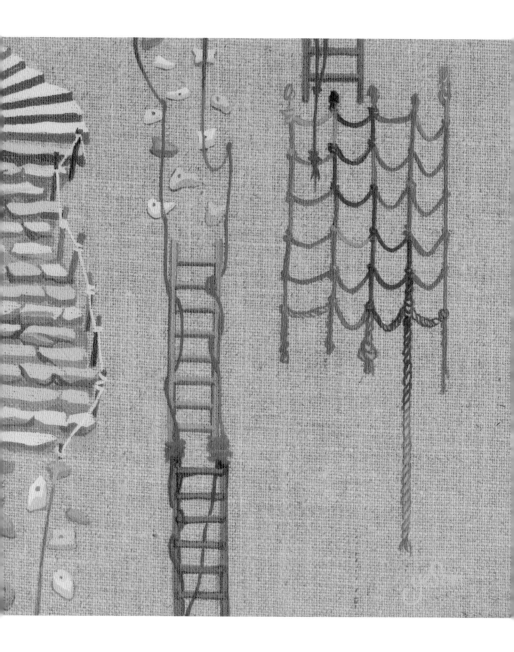

# 韓國的災難電影

《大浩劫》（Haeundae）一開始說要拍的時候，大家都不看好，韓國要拍災難大片？要用電腦特效呈現海嘯？所有人都頻搖頭，各家製作公司也十分謹慎。因為各方面的因素，韓國第一部災難電影連起步都相當困難。

不過，我在聽尹濟均導演說明電影的基本設定時，就已經讚嘆這部電影很厲害了。

一想到電影推出的那一天，我就覺得很興奮，於是當場決定要一起進行這項挑戰。

我之所以會積極支持這部電影，是因為我信任已經有合作經驗的尹濟均導演。如果是尹導演，我相信就算是所有人都說不可能的事情，他也能創造出高於期待值的作品。

對於這部電影，周圍的人是抱著擔憂和半信半疑的態度，也許就是因為這樣吧？所有演員和工作人員都有著必須超越不可能的迫切感，也有深深的覺悟必須做出最棒的電影。參與這部電影的所有人團結一心，每當危機來臨，都發揮了令人驚訝的團隊合作力。

我深切感受到，朝著相同的夢和目標一起進行挑戰是

多麼棒的事情。

　　可能是上天也感受到我們的迫切了，明明是梅雨季，可是拍攝的時候卻沒有一天下過雨；我們彼此鼓勵，說上天好像也在幫助我們。後來，電影的票房很成功，觀影人

# 大田精美小禮物等著你！

只要在回函卡背面留下正確的姓名、E-mail和聯絡地址，
並寄回大田出版社，
你有機會得到大田精美的小禮物！
得獎名單每雙月10日，
將公布於大田出版「編輯病」部落格，
請密切注意！

大田編輯病部落格：http：//titan3.pixnet.net/blog/

智　慧　與　美　麗　的　許　諾　之　地

數超過了一千萬。韓國第一部災難大片的誕生和成功,這是我永遠無法忘記的美好經驗。

# 動作片女英雄

　　喝著咖啡，一邊聽尹濟均導演講解電影《七號禁地》的製作計畫時，一聽到 3D 電影我馬上豎起耳朵。

　　「3D？那我會像阿凡達一樣嗎？」

　　尹導演就像在看不懂事的妹妹一樣，輕輕地搖了搖頭，嘆氣說道：

　　「怎麼只要講到 3D 大家都說阿凡達，看來阿凡達真的很厲害。」

　　雖然尹導演在大家都很擔憂的情況下拍出了韓國第一部災難大片《大浩劫》，並且擁有亮眼的票房成績，但是這一部電影好像還是有很多困難之處。儘管這次他擔任的是製作而不是導演，但是需要花心思處理的事情好像更多了。

　　電影大綱完成五年，劇本改了好幾十次，也換過好幾個導演以後，最後終於決定要製作韓國第一部 3D 電影，而我這次也一樣充滿幹勁地說：

　　「導演，我們真的好好來拍這部電影吧！」

《七號禁地》的大綱重點是「在茫茫大海的鑽油船上與怪物決一死戰的女英雄」，因為劇本以我為女主角而寫，所以我的鬥志也熊熊燃燒。

　　雖然不知道什麼時候會開拍，劇本也還沒全部出來，但我很早就開始訓練自己「動作戲女英雄」的身材。我每天花八小時進行體力訓練，並透過高強度的重量訓練雕塑出健美的身材，另外還學了游泳、水肺潛水和重機。

　　不只是拍攝開始到結束，電影上映後的見面會和採訪等宣傳活動，我同樣全力以赴，不浪費一分鐘，也不保留一絲體力。因為我盡了最大的努力，所以並不後悔和可惜。

　　以結果來看，雖然《七號禁地》票房並不好，但對我來說卻是意義非凡的重要作品。

　　由於這次挑戰了韓國電影中罕見的「動作戲女英雄」，所以拍攝前我得到了許多人的鼓勵和熱烈打氣，說我很酷、很棒，不愧是河智苑。

　　這段期間我一點一點累積了「熱情」、「挑戰」的演

員形象，《七號禁地》則是讓這樣的形象變得更加強烈的一個契機。從這部作品以後，我接到的廣告幾乎都是熱情與挑戰、希望與肯定的形象。在電影中表現的熱情和挑戰精神被許多人看到，這令我感覺很踏實。

一拍完《七號禁地》，原本無止境的挑戰就像越過了一堵巨大的牆，那感覺無法用言語形容，我一方面感受到結束的安心，另一方面則意識到之後又是一個新的開始，自由而充實⋯⋯

對挑戰的人來說，似乎永遠沒有盡頭。

## 只有勇於挑戰的人
## 能達成夢想

挑戰的人都有自己的夢想和目標，如果沒有非得達成的夢想或目標，挑戰也就不存在。

即使如此，挑戰還是可能令人遲疑，原因不在於挑戰本身令人害怕，而是害怕失敗以後再也站不起來，所以才沒辦法爽快地鼓起勇氣。

我想告訴逃避挑戰的人，所有的挑戰都有它的價值。

所謂的挑戰，不會只淪為一場失敗的嘗試，就我所知道的，全力以赴過的挑戰肯定會有收穫。除了可以將失敗當作借鏡進行修正，將它當作再次挑戰的基礎；有時候失敗了以後被遺忘的事情，也會出乎意料地變成有用的事情，就像人人都認為失敗的《七號禁地》，對我來說卻是一種成功一樣。

「讓我們就算害怕也勇敢去挑戰吧！」

## 在恐懼與熱情之間

經過一番苦惱，我決定接演《Korea》的國家代表玄靜和。雖然人在桌球場，但是我的心情卻非常沉重，而身邊的高度期待也讓我備感壓力。

「智苑的運動神經很好，桌球一定也打得很好。」

電影相關人員和工作人員、玄靜和教練都深信我很快就能打得跟選手一樣。雖然我是因為劇本很好才接下這部片的，但是身體狀態卻不太好。平常聽到應該會很開心的稱讚，現在反而讓我的胸口好悶。

可能是因為有基本的運動神經吧，所以我第一天就學了很多東西，包括接球和殺球技術等等；通常要學一到兩個禮拜的東西，我在三天內幾乎學完了。不過，我的身體和頭腦卻是不協調的。

有天，工作人員和社長等相關人士都到練習場來了，算是階段性評估。看到我打球的樣子，大家開始一陣討論。

「果然打得很好呢。」

「喔？不覺得有點怪怪的嗎？」

「哎呦，這樣就可以了啦。」

玄靜和教練的聲音也傳了過來：「屁股太出來了，揮拍跟屁股怎麼會是反方向？」

　　我也知道我的動作是錯的。不知道從什麼時候開始，我就有種哪裡不太對的感覺，揮拍的方向跟選手們相比好像是歪的。可是不管我怎麼在腦袋裡想像揮拍的方向並做修正，身體就是不肯聽話。前面一直丟球來，我就像機器一樣接打。

　　突然耳朵「嗡」的一聲，我再也聽不到練習場吵鬧的聲音，手卻一直無意識地繼續接球。我陷入了完全的恐慌狀態。

　　「太誇張了，我怎麼會發生這種事……」

　　大受打擊的我，練習一結束就覺得不能再這樣下去，於是跑去找社長。

　　「社長，我真的沒辦法拍這部電影，我現在才知道自己原來也有辦不到的事情。桌球一點也不有趣，我真的不能以這樣的狀態拍電影。」

我對說出這種話的自己感到很訝異，因為十三年來我從沒說過不能拍某部片。社長也嚇了一跳，開始安慰我：「妳現在已經很棒了，如果太累，要不要休息幾天再練習？妳說妳不會打桌球，怎麼可能？騎重機。那麼難妳都會了呀！」

　　雖然導演要我再考慮一下，但我的心裡其實已經放棄桌球了。與其說是桌球太難、練習太辛苦，倒不如應該說是我完全無法享受桌球的樂趣。不管學什麼，我總是樂在其中，所以也學得更好；像這樣一點也不享受的東西，我實在是學不來。那一天晚上剛好有演員們的聚餐，雖然不能拍片了，但我還是想要放鬆心情再走，所以就參加了聚餐。玄靜和教練也在，我跟她一面喝著啤酒，一面把心聲告訴她。

　　「教練，其實我剛剛很恐慌，所以我已經說我沒辦法繼續了。」

　　我以為教練也會像社長一樣安慰和說服我，但她只是斷然地說：「我看得出來。不過這是好的，因為這代表妳內心還有熱忱。如果沒有熱忱，根本不會恐慌。」

「真的嗎？這樣是好的嗎？」

簡單的一句話，我又變回了原本的河智苑。
「對，我不是這種人。我總是充滿鬥志，這陣子怎麼會這樣？」

因為打不好桌球，所以我也懷疑過自己：「妳現在是不想打桌球才這樣吧？」
總是相信自己，勇於挑戰新事物，而且每次都學得津津有味的我，在對自己產生懷疑以後，連鬥志都被澆熄了。教練的這番話，徹底消除了我心裡的懷疑。
隔天，我帶著輕鬆的心情到體育館，正好其他地方在舉辦世界選手權大會預賽，所以玄教練和教練們都不在，只剩下二十一歲的兩個年輕學生選手。

不知道為什麼，這種情況也令我很高興，我告訴他們：「現在開始，我只練到我想練的時候為止，而且也不會努力想打好。我只照你們說的做。」

他們把我打球的樣子錄下來，然後跟我一起看，建議我把手再舉高或是調整一下臀部姿勢。

透過這個方法，終於改正了我的揮拍姿勢。原本因為好玩而開始的 Rally（連續對打）也非常有趣。Rally 指的是選手們攻擊和回擊的連續對打，一開始我們試了二十下，感覺不太困難，於是我突然有了自信，「要不要試試看五十下？」打到四十下時開始有一種絕不能失敗的感覺，所以我也變得更加專注。五十下成功以後，我很興奮，決定挑戰一百下。來回打到八十下時失敗了不知道有多少次，一次又一次的嘗試，當我們終於成功打到一百下時，我們開心地大叫，在體育館裡跑來跑去。

桌球真的很有趣，我樂在其中。

之後，我在夢裡也開始打桌球，並且變成玄靜和大聲呼喊加油。那是我人生最強而有力的加油……加油！

覺得很累的時候，
也必須懂得放下。

在恐慌與熱情之間，
我得到了珍貴的領悟。

# 每部作品都有不同的目標

每接一部作品，我就會訂下一個希望自己能夠達成的目標。

在拍電視劇《黃眞伊》的時候，我剛經歷了一段很難熬的時期，所以那時候我非常渴望能夠以演員的身分受到肯定。與《黃眞伊》的相遇一開始就不太尋常，當我拿到劇本，劇本在我手上發光（在我眼裡眞的是這樣）。我心想一定要接這部作品，緊緊抱住劇本。我想以黃眞伊的身分生活。名叫黃眞伊的這個女人，她不是妓女，而是自由的藝人，我想精采地詮釋她。

在拍電影《大浩劫》時，我的目標是講一口完美的方言。那時候，我的劇本幾乎跟樂譜沒什麼兩樣，我在上面標示了方言的音調，練習時就像在唱歌一樣。我的方言老師是釜山人，比我小一歲，我們幾乎像是家人一樣一起生活。我們用方言對話，並且把音調抄寫下來，就像是給母語教師上家教課一樣。因爲這樣，所以我連在夢裡都用方言對話。

拍《七號禁地》的目標是「成爲一個可以代表亞洲的

動作戲女英雄」。因為我想變得跟安潔莉娜裘莉一樣，所以那時候我的房間幾乎貼滿了她的照片。我想讓大家知道韓國也有很厲害的動作女英雄，韓國女演員演和怪物纏鬥的動作戲演得很棒，一點也不生疏！這就是我的目標。

《祕密花園》的目標比較抽象一點，不管是小孩、大嬸、大叔還是爺爺奶奶，我希望全世界的人都有戀愛的感覺。不過很令人驚訝地，因為電視劇引起一股熱潮，所以我的夢似乎也順利達成了。

至於《Korea》這部片的目標，我則是希望能夠打動原本不怎麼關注南北統一的年輕人。我自己也一樣，在拍這部電影以前雖然會關注統一和南北問題，卻沒有深入思考過。這樣的我，在讀劇本時被深深觸動了，我希望可以跟大家一起分享那種感覺。所以，當我聽到有些年輕朋友看了電影後大哭，心裡真的很高興，因為那代表著大家稍微被我打動了；另外，《Korea》也讓我再次體會到電影力量之大。

在拍《愛上王世子》的時候，我的目標是成為讓南韓

人也想跟她當朋友的北韓女教官——令人感到既親和又瀟灑的恆兒。我想讓大家看到住在北邊的恆兒跟我們沒有什麼不同，進而產生想和她當朋友的念頭。

因為已經有《Korea》的經驗，所以我更貪心了，我想讓大家知道，南韓和北韓不過是生活在不同的體制裡，並沒有誰對誰錯，他們也是一群很溫暖的人，就像我們的鄰居一樣。另外，我的心裡也盼望著未來的某一天也可以在北韓看到這部電視劇，讓住在北邊的人也能愉快地觀賞。

想做到的事情多，所付出的努力也就更多。最基本的是徹底學好北韓話，雖然方言的語氣比較生硬，但我還是添加了女人味的表現。教我方言的老師也非常有熱忱，我原本對北韓、特殊部隊教官或女軍人的知識很不熟悉，是老師發自真心地把所有知道的事情都告訴我。要是沒有老師，就不會有這麼自然又可愛的恆兒了。

老師實在給了我太多幫助，所以我想再一次向老師表達感謝：「謝謝，一起相處的這段時間我很開心。」

我曾經問過老師：「北韓人如果看到恆兒，應該也會

# 未完的挑戰

　　我最近在學溜溜球，因為下一部作品會用到。溜溜球太好玩了，所以不管去哪裡，只要一有空我就會拿出來玩。前幾天我在清晨五點睜開眼睛，天啊！好像是因為想玩溜溜球才醒過來的，結果，我一大清早就開始玩溜溜球，吃完水果才又回去補眠。

　　只要我對一件事有興趣，它就會一直出現在眼前，無時無刻吸引著我。在拍電影《傻瓜》的時候，我還曾經睡到一半起來彈鋼琴，然後睡在鋼琴下面。

　　仔細想一想，我的挑戰向來是為了「演戲」，都是在實現夢想的過程中達成的。現在我想挑戰的東西也一樣都跟演戲相關，除了思考以後要呈現什麼樣的動作戲之外，我也想挑戰透過一個眼神、一個手勢就能表達情感的演技。

　　我這一輩子的夢想是演戲，也幾乎每天都活在演戲的世界裡，所以，未來我的挑戰好像也都會跟演戲有關。

　　每次接觸新作品，以新的角色開始全新的生活時，我總是有很多煩惱。我思考著觀眾們對我的期待是什麼，想要符合他們的期望，或是超出他們的期望。到目前為止我

雖然已經挑戰過很多東西了，但身為一個演員，我的挑戰
永遠都會是現在進行式，因為沒有什麼東西能像新的挑戰
一樣讓我熱血沸騰了。

演戲

演員，是為了一次踢腿練到膝蓋痛，
一天用千百種方法鑽研要怎麼踢的人。
演員，是在攝影機看不見的地方，
流著淚與自己比賽的人。
不斷學習的人，就是「演員」。

# 努力

二〇〇四年某一天，我接到了李明世導演的邀約，導演說他以《茶母》為原作正在進行企劃，寫劇本的時候以我為雛形，所以想找我一起合作。

電視劇《茶母》的女主角再演一次茶母？周圍的人都阻止我，就連我自己也覺得壓力很大，不過因為對方是李明世導演，他透過《無處藏身》所呈現的獨創風格和畫面，令我印象非常深刻，所以我還是充滿熱情，很想試試看。另一方面我也期待著，如果能跟人稱「演員名訓練師」的導演一起合作，一定可以更上一層樓。

「把《茶母》忘了，這是一部完全不一樣的電影。把彩玉也忘掉吧，現在起妳是南順。」

導演的一番話，讓我產生了深深的信賴。雖然也會擔心，但是期待和興奮的情緒更多，於是我二話不說決定參演。

以結果來說，《刑警：Duelist》算是讓我的演員生涯面臨轉捩點的一部電影；也是帶來最多痛苦和心理煎熬，同時又讓我成長的作品。

演員不能只想紅，不付出。演員流多少汗水，觀眾就多愛你們——這是導演很強調的一段話。這段時間，我在開拍前就下很多工夫，作品有任何需要我都用心學習，算是很勤奮的演員，成為演員後也從沒想過不勞而獲。不過，導演的話還是為我帶來了新鮮的衝擊。演員的汗水雖然觀眾也看得見，但是最清楚的還是演員本身。導演這段話的意思好像是「雖然沒有不流汗的演員，但是必須回頭檢視自己流了多少汗，是不是夠努力」。這段話讓我繃緊了神經。

　　開拍的前三～四個月，導演告訴我要學幾樣新的東西，包括探戈。

　　所有參演的人都得到南山的練習室集合，我們按照密集的時間表練習腹式呼吸、方言、禪武道、柔道、劍術、探戈、仰臥起坐、踢腿、滑行等等。一天的練習時間超過十二個小時，不會因為我是女演員就放水。

　　訓練雖然辛苦，但是練習室的氣氛總是愉快而且充滿活力，同戲的演員們幾個月以來每天都一起揮灑汗水，所以在這段期間也培養出了深厚的情誼。

　　出道以後，因為我一直都在演戲，沒能好好上大學的

課，所以這些訓練非常珍貴，就像是在替我磨練基本功一樣。

　　《刑警：Duelist》是一部徹底將我顛覆的電影，雖然我是一個不管做什麼都持之以恆的人，但是在拍這部電影的時候，以前從沒想過自己也能辦到的事情也統統出現了。存在於我體內，連我自己都不知道的東西，是導演把它引了出來。我無法忘記那份深刻的喜悅。

　　什麼是演員？

　　這句話拍攝期間一直在我心底盤旋，最後我歸納出下頁的答案。

所謂的演員，是可以為了電影裡三分鐘長的格鬥戲，
從好幾個月以前開始熟習各種武術動作、背招式，
並且反覆彩排和拍攝數十次的人。

演員，是為了一次踢腿練到膝蓋痛，
一天用千百種方法鑽研要怎麼踢的人。
演員，是在攝影機看不見的地方，
流著淚與自己比賽的人。

不斷學習的人，就是「演員」。

# 拍到 OK 為止

拍攝到一個程度後，各種訓練再也不辛苦了，因為那時候讓我感到吃力的是：不管重複排練幾次，NG 了也搞不懂問題出在哪裡。導演不會指出錯誤，就只是叫我再想想看。他會不停地要我思考，在他喊 OK 之前我應該還要做些什麼，或是該怎麼表現。

這樣的做法目的在於突破原本習慣的形式，舉例來說，假設我認為某句台詞是什麼樣的情緒，導演會要我再想出三十種。

一起拍戲的姜東元說過：「雖然這個方式很嚴苛，能改變的幅度很小，但是一想到在這之中還是能做轉換，結果還是行得通的。」我覺得他這句話真的說得很對。

雖然導演在拍攝之前，腦裡已經徹底想像過電影的所有場景，所以演員可以改變的幅度非常小，但是在這樣的情況下，卻能夠讓演員的能力發揮到最大值。

原本覺得辦不到的事情，隨著時間的推移、發想和挑戰，一一地達成了。南順和悲眼在石牆路上對決的那場戲就是其中之一。

「不要想成是鬥劍，要想成你們在拍床戲。拿刀這樣瞄準，是把釦子解開；悲眼拉住南順的手臂，是拉她去飯店的走廊。兩個人雖然在打架，其實是在相愛。」

導演還拿來色情小說要我跟東元看，東元先看完，我再偷偷躲起來看。導演讓我們在拍動作戲之前先進入一種很微妙的情緒。

聽著導演抽象的說明，我想起安聖基前輩說過他在拍《無處藏身》時的小故事。在那部電影裡最令人印象深刻的其中一場戲——階梯殺人，導演要求呈現出「和戀人分開的感覺」。

一個要殺中年男毒販的殺手，感覺卻像是跟戀人訣別，這到底是什麼意思？這樣表現真的是對的嗎？前輩演的時候原本很擔心，但是之後看電影的那一幕，對死去的毒販卻感覺到了一種微妙的憐憫之心。

以刑事和刺客的身分相遇，卻感受到命定般的愛情，悲眼和南順之間不可避免的決鬥，對他們來說是愛撫，也

是愛的表現。

　　也許是因為這樣吧？所以探戈那種華麗又變化多端的感覺非常適合他們，一下子像是要把對方拉過來，一下子卻又往後退；一下子像是快要碎裂般激情，一下子卻又像是要轉身離去一樣冷靜。正如互相配合的性感探戈，他們的決鬥也美麗動人。

　　雖然頭腦已經理解了，可是實際上要把探戈和舞劍融合在一起卻相當不容易。

　　除了手持刀劍造成肢體接觸不流暢的問題之外，武術團隊排的招式也沒辦法好好表現我想要做的動作，所以我跟東元兩人做了好幾次的修正，重新套了招。下了一番苦功練習後，劍與探戈結合的「愛情戲般的對決」終於完成了。

　　南順和悲眼有場在客棧喝酒的戲，那場戲的設定也很不可思議。

　　我在那場戲裡要演出生氣的感覺，導演卻說要拍得像在相親一樣，於是在一旁問：「妳幾歲？妳住在哪裡？妳

的興趣是什麼？」

　　丟出了一堆很有相親感的問題。拍攝時，我在心裡回答導演的問題，有時候也會因為導演的話而發笑。之後，我在這場戲裡面看到了非常奇妙的情感表現。

# 衛生棉的祕密

在拍《刑事：Duelist》呈示部的市場追逐戲時，南順在追悲眼的途中有一幕要像棒球選手一樣在地上滑壘。

「啊～這要怎麼演啊？」

因為穿的是露肚子的短韓服上衣，所以我很為難，生怕一不小心胸部就會磨到沙地。可是我不敢跟導演說，因為別說導演不把我當一個女人了，他甚至正要把我塑造成比男人還男人的角色；而且，導演不相信有什麼事是不可能的，如果我說不行，他一定會親自示範給我看，所以我根本就沒辦法提出。

我跟服裝組的姊姊們聚在角落，開始想解決的辦法。結果我突然想到了一個道具──衛生棉！沒錯，用衛生棉來保護胸部就好啦！

多虧了用衛生棉做成的護胸，我才能順利地拍完那場戲，而衛生棉之後也變成了我偶爾會用的專屬保護裝備。

有人正在想像嗎？不行喔！

# 演員的天分

「妳沒有天分，所以不行。」

這是我到處試鏡時常常聽到的話。

所謂的天分到底是什麼？是指那些很會在大家面前唱歌跳舞，不管任何問題都回答得很好的人嗎？擅長這些事情當然也很不錯，但是演員為什麼要有這種天分？

我真的無法理解沒有天分這種話，也不同意一定要有那樣的天分。而且，對我這麼說的人都通常加上：「那個誰誰誰這麼會玩，妳怎麼都不會？妳也要談談戀愛啊，都沒有戀愛經驗怎麼行啊？」我覺得有點荒唐，因為那只是「玩咖」的感覺不是嗎？我也曾經表明過自己的意思：「為什麼我要照別人的要求，到處唱歌和跳舞？」不過也就那一次而已。

因為一直聽別人說我沒有天分我甚至有過「我這種人再怎麼想演戲也沒辦法當藝人」的想法，所以，我刻意把聲音提高，因為這樣做至少會有開朗活潑的感覺。如果看我剛出道時做的訪談，就會看到用高音頻講話的我。

我所認爲的天分是「氣勢」——足以掌控氣氛的氣勢；讓人覺得我真的是叛逆少女或特技演員的那種氣勢。

　　當然，這些氣勢都是透過作品表現出來的，如果角色有需要，我也可以當一個能歌善舞、很會帶動氣氛的女人。

　　電影《靈魔》的選角還沒確定以前，當我和導演在開會時，導演要我卸妝，於是我卸好妝之後又再次站到他面前。他沒有其餘的要求，只是叫我眼睛往上看和往旁邊看，並且從各種角度觀察我最後，我被選上了，因爲導演對我的眼神很滿意。

　　我想是導演看見了連我自己都不知道的潛在天分吧？電視劇《學校 2》被選爲叛逆少女的時候也是一樣。學生時期的我算是模範生型的，不太玩，而且很聽父母話、很早回家，所以還被暱稱做「人類文化資產」。這樣的我要演叛逆少女！我從沒想過自己的身體裡原來也有這樣的一面。導演能找出不一樣的我，非常了不起，而這不也算是我潛在的天分嗎？

不管扮演什麼角色，都能釋放出潛在的情緒或氣質，不就是所謂的天分嗎？

　　獨力找出天分是有極限的，我就是因爲遇見了好幾位了不起的導演，才能讓原本隱藏在體內的天分釋放出來。潛藏在身體裡，連自己也無法預測的未知能量，我認爲那就是演員的天分。

# 入戲的方法

雖然每一部作品我入戲的方法都有點不一樣，但都有一個最基本的方法，就是慢慢體會那個人可能會過的生活。

我會思考每個角色適合什麼服裝、喜歡什麼樣的香水，或是她可能會有的習慣，然後再一一套用到自己身上。首先，我會換一個適合那個人的髮型，換完感覺真的會很不一樣，畢竟短髮和長髮順頭髮的手勢也不同嘛！這些小小的差異，都能為角色創造出獨特性。

另外，試著去做那個人可能會喜歡的活動，也是一個很有用的方法。我會做那個角色可能會喜歡的事情，然後把那些感覺記起來。

正是因為這個原因，我在拍《七號禁地》之前學了水肺潛水。雖然拍攝不一定要會潛水，但是我認為如果是在大海上生活的海珍，應該是會隨時潛水去欣賞海底風光的人。

電影從頭到尾都是以大海為背景，但是我們實際上幾乎九成的戲都是在棚內拍的，在這樣的情況下，如果我不了解大海就開始拍，應該沒辦法好好詮釋出在海上生活的

海珍,而在甲板上和同伴們對話的戲,也會抓不到那種感覺。迎著強大海風的感覺,在鑽油船的噪音下對話的感覺,以及望著茫茫大海,卻又像是在凝視遠方的眼神,想要拍出這些,我就得認識大海。

　　如果是第一次做的動作戲,我會做很多意象訓練。為了演動作戲,我好像把中國、香港等地拍的動作電影都看過了。持續不停地看,並且一面做意象訓練,可以讓眼睛

看過的東西不知不覺地在身體裡潛移默化。

在拍《七號禁地》的時候，我蒐集了一些帥氣的騎車影片，一有時間就拿出來看。就這樣從某一秒開始，我騎車的時候不知不覺就變成了影片中帥氣的姿勢。

要投入一個角色並不是每一次都很容易，有時候甚至毫無頭緒，不知道該從哪裡做起。這種時候我會冷靜地等著，雖然說起來有點好笑 —— 對，我會等她到來。如果還是沒辦法，就得在現場直接試，並且持續透過螢幕檢視自己的表演。

這麼做的用意在於藉由影片裡自己的樣子，找出不錯的感覺並加以培養。與導演在現場的對話很重要，這是不用多說的。因為和導演一面溝通怎麼做比較好，一面也能促使角色發展。

現場的溝通、透過螢幕檢視演出的畫面，是非常重要的事情，因為這麼做對塑造角色有很大的幫助。

## 一輩子的演員

我很喜歡「熱情」這個單字，也喜歡充滿熱情的人。

在拍《愛上王世子》時認識了李順才老師，他就是這樣的人，雖然已經有年紀了，卻總是像跟我們年齡相仿的男前輩一樣，在各方面都看起來帥氣而瀟灑。拍攝結束後，他總是會抱抱後輩，跟我們說辛苦了；有空就會告訴我們很多有用的事。

不久前我突然接到老師的電話，接起來的時候我說：「是，老師！您身體還好嗎？」老師卻回我：「因為妳不打來，所以我就先打給妳了！」一面豪爽地笑著。我說，天氣很炎熱請老師好好保重，我快要開始拍古裝劇了。老師又大笑說：「古裝劇？什麼古裝劇沒有找我去？」並且約我在開拍前一起吃頓飯。

拍《愛上王世子》時，老師在休息的時候問過我：

「智苑，妳會拍戲拍一輩子吧？」


我故意開玩笑告訴老師相反的答案：

「沒有呀～我只拍到想拍的時候為止～」

聽我這麼說，老師認真地告訴我：「哪裡還有像我們這麼幸福的人啊？創作的人總是會接觸到很新、很有趣的東西，所以我們不會老。」並叮囑我要演戲演一輩子，像我們可以不用做重複的事情，體驗各種不同的人生，在這之中進行創作有多享受和快樂……

　　李順才老師再次提醒了我演員生活所代表的意義，而我也在那個時候跟老師約好當一輩子的演員。

　　最能清楚感受到李順才老師熱情的東西是行程表，老師的行程表幾乎跟一般的偶像歌手沒有什麼兩樣，在拍《愛上王世子》的同時也進行了其他的電視劇、話劇、大學講課、各種社會活動。

　　雖然老師應該很疲勞，但他在現場就算拍完自己的部分，也從來不會就自己先到車上休息或睡覺，總是跟後輩們待在一起，給予溫暖的鼓勵和真心的建議。

那時候我聽老師的經紀人說，老師在現場雖然絕對不會表現出累的樣子，可是在車裡面都流鼻血了；還有，就算表演時撞到舞台的裝置導致臉上瘀青，老師也說「演員就是要守在現場」，照樣到現場去，是工作人員全都請老師休息，才好不容易把老師請回去。

　　看著一輩子都熱愛演戲，並且抱著熾熱的熱情守在現場的老師，我深切感受到，所謂的熱情，是不會因為時間流逝而減少的。

## 讓喜歡變成享受

　　那是在大關嶺拍《茶母》的時候，才開始下雪沒多久就下到了腰部的高度，因為實在沒辦法繼續拍下去，於是我們決定提前收工下山。因為積雪太多，我們連走路都有困難，只能互相扶持，一步一步小心地走著，但是在這樣的狀態下真的走不到廂型車。

　　最後，我跟拍攝的工作人員們決定，在除完雪之前先到附近的民宿等。真可說是一場突如其來的遇難記。

　　因為沒有預約，所以民宿裡剩的房間不夠，我是女演員所以一個人分到了一間房間，十幾個工作人員則窩在同一間。因為食物不夠，所以五、六個人只能分一碗泡麵填飽肚子。

　　在這麼辛苦的狀況下，不耐煩也是很正常的，但是所有工作人員的表情都很開心。很神奇地，沒有人在擔憂或生氣，大家笑鬧著，用竹子滑雪或滑雪橇。

　　看著眼前的景象，我有一種很奇怪的感覺，他們連在這麼惡劣的拍片環境下都那麼享受……

我開始回想，雖然做的是自己喜歡而且想做的工作，但我有像他們那麼享受嗎？可以做喜歡的事情，我覺得很感激，但是相較於享受，我好像更常感覺到辛苦和困難。不論如何都想做到好，所以咬牙苦撐的經驗很多，但是樂在其中的記憶卻不是那麼多。

　　可是當我看著工作人員們，我知道這對他們來說不只是喜歡的事情，更是一種享受。
　　這對我來說是一種很新鮮的衝擊，大概就是從那個時候開始，我真正開始享受演戲。

　　《茶母》在各方面都是令我非常感激的作品，這部戲的工作人員提醒了我一邊享受一邊工作的重要性，我想再次謝謝你們。

當陽光照耀著，

令人心曠神怡的風吹來，

我總是會往空中一跳。

好喜歡這種輕盈又暢快的感覺！

相反地，

如果接連遇到不開心的事情，

我也會抬起腳跳躍。

這麼做很快就會轉變成笑顏，

而且讓人很起勁。

啊！跳躍的力量真驚人！

# 守時

　　只花二十分鐘就能從水原到首爾？我沒有坐深夜飆快車的計程車，開車狂飆的人是我爸爸。

　　在我剛出道的時候，有一次快要來不及趕上拍攝時間，所以爸爸說要開車載我到片場，而我也奇蹟似的準時抵達了。爸爸是一個非常守時的人，所以他也不能忍受自己的女兒遲到。

　　從小爸爸就一直強調要守時，而他也用這種方式實踐給我看。當然，關於因為開快車而闖紅燈的這一點，爸爸也承認錯誤並且反省過了。

　　自從發生了這件事，我變得更準時。因為我的個性很粗心，常常出了家門又得折返回家，所以常常不小心遲到，爸爸大概是想替我改掉這個毛病。

　　當演員的期間，我確實地感受到了守時的人會受到大家肯定。遵守約定好的時間，就能準時進行拍攝，也不用讓其他人還要花工夫等你，可以高高興興地開始工作。這種時候，現場的氣氛很好，也會得到好的成果。

在創作這部分，演員跟藝術家差不多，但是這兩者之間卻有一個很大的不同點，那就是 —— 演員並不是單獨作業，而是包含了對手演員，以及眾多工作人員一起合作的共同作業。

也因此，守時對演員來說是非常重要的品德。

演員並不是單獨作業，
而是包含了對手演員，
以及眾多工作人員一起合作的共同作業。

# 打招呼

「你一定要好好打招呼，不管是在電視台或是現場，見到人就先打招呼。就算在現場遇到不認識的人，也要主動打招呼。懂了嗎？」

這是弟弟泰秀也要以演員的身分出道時，我跟他強調好幾次的話。每次跟他見面，我好像都叫他要好好打招呼，而這也是爸爸在我剛出道時常常叮嚀我的話。

打招呼雖然是一件很簡單的事情，但實際上並不如想像中容易。

要是他不認識我怎麼辦？他如果不理我就走掉怎麼辦？有時候也會因為擔心這些問題，搞得自己羞於開口。當然，有時也會因為相遇太匆忙而沒能打招呼，但是換個立場想想，假設原本認為會跟自己打招呼的人「咻」地走掉，連聲招呼都沒打，心情一定會很差吧？而且也會覺得那個人看起來很傲慢、自己被忽視了。

沒打招呼而造成損失的情況很多，卻不會因為打招呼而吃虧。不管是再怎麼木訥和冷淡的人，只要一直跟他打招呼，有一天他也一定會有回應的。而且，演員如果先跟

素未謀面的現場工作人員打招呼，他們也會很開心。這等於是良好人際關係的第一步。

打招呼雖然不是難事，卻還是容易忘記。為什麼呢？因為太瑣碎？還是因為沒有養成習慣？

我也不知道。總之，現在、立刻、一起實踐吧！只要好好打招呼，大家就會在無形中變成站在自己這邊的人。養成習慣以後，跟工作人員也能很快變熟，現場的氣氛也會變得更融洽。

用《愛上王世子》恆兒的說法就是：

「從這些小地方兒開始做，重大的事情也能成的，是不？加油！」

我不認為女演員
無時無刻都要美麗動人，

因為我不只是女演員，更是一名演員。

什麼模樣能讓觀眾在看的時候
更投入我的表演，
那就是演員最美的樣子。

# 女演員的生活

　　電影《女演員們》很好看，有許多地方都引起了我的共鳴，特別是強勢又高傲的女演員們，最後一一吐露身為女演員的難處，哭了出來的時候，我的眼淚也不自覺地在眼眶裡打轉。

　　幾年前被問過做為一個女演員的生活怎麼樣，我毫不猶豫地說非常幸福。其實，當時我之所以會那樣回答，是因為沒想過如果不是身為一個女演員，而是以田海林的身分生活，我到底開不開心。那時候的演員河智苑在作品中被愛，就像飛上天一樣幸福。

　　可是，自從有了「不只是演員河智苑的生活，連田海林的生活也要幸福」的想法以後，我也感受到了身為女演員的不便之處——沒辦法隨心所欲地過日子而且，藝人一旦犯了錯就會受到嚴厲的抨擊，所以總是得活在緊張的情緒之中。

　　因為怕會有不好的傳聞，所以就算想喝酒，我也只在家裡喝。我算是不太會喝的人，在家只要碰一點酒就會馬上醉，不過在外面就不一樣了，不管喝多少都不會醉。因為我是女演員，不想被人看到狼狽的樣子，所以只能靠意

志力撐著，有好幾次回到家就馬上醉倒。

　　我想，以女演員的身分生活應該就是很容易變得縮頭縮腳吧？差不多的醜聞同樣發生在男女演員的身上，對女演員的形象更不好，所以我們眞的一秒都不能鬆懈。爬上去費了好大一番工夫，跌下來卻只要一瞬間，不是有很多這樣的例子嗎？

　　當然，我也很清楚女演員因爲受到很多人的喜愛，所以也得付出代價，魚與熊掌都想兼得的話就太貪心了。可是自從我也想像一般人一樣享受生活的樂趣後，還是不禁感到可惜。

　　不過就我而言，我不認爲女演員無時無刻都要美麗動人，因爲我不只是女演員，更是一名演員。什麼模樣能讓觀眾在看的時候更投入我的表演，那就是演員最美的樣子。

　　只有在走紅毯的時候我希望自己看起來美美的。那時候我會打扮得很華麗，走的時候也會認爲自己是世界上最美的。至於在拍片現場，我從沒過想要漂漂亮亮的。

　　另外，做爲一個女演員還有一件事令人費心，那就是

要努力不讓自己感覺到壓力，否則會老得很快。相較於保養身材，我更注意不要讓身體生病，因為我喜歡演戲，如果想演一輩子，就要健健康康的、不能生病。

　　身體跟心是一體的，有健康的身體和清醒的頭腦才能做出好的表演。

上了年紀之後，
雖然優雅和美麗也很重要，
但我希望自己永遠青春洋溢。
即使臉上的皺紋變深，也要當一個總是開朗，
讓人看了就會心情變好的人。

不論年紀有多大，
我都期許在年齡增長的同時仍保有青春的氣息。

像梅莉史翠普那樣，即使步入中年，
還是可以穿著吊帶褲在電影
《媽媽咪呀》演愛情戲。
我試著想像，
未來能使人感到青春氣息的可愛的我。

Her Story 3
—
# 她的酒後眞言

## 家人

媽媽、爸爸、姊姊、弟弟、妹妹⋯⋯
光是想起家人就覺得很溫暖，
他們總是大力支持我，
在我難熬的時候靜靜地抱著我。
因為有他們，才有現在的我。

## 總是站在同一陣線的爸爸

每個家庭爸爸和女兒的關係都有些特別吧？說到爸爸，我最先想到的就是「可靠」和「總是站在我這邊」。每次我有煩惱或是難過的時候，爸爸就會拍拍胸膛說：「海林，有什麼事？有事就告訴爸爸！我統統替妳解決。」

「哈哈哈，爸爸是什麼鐵甲飛天俠嗎？」雖然嘴裡這麼說，但爸爸的話總是能讓我的心情變好，並且感到安心，好像要是發生了什麼事，爸爸就會像鐵甲飛天俠一樣出現，替我解決所有問題。

爸爸是一個和藹又溫暖的人，每次去片場都會幫我提行李，送我到車上，並且說：「我們家女兒辛苦了，要平平安安回來。」

爸爸也很會做菜，三兩下就能做出美味的料理，除了平常吃的東西之外，他還會做麵包、餅乾和蛋糕……好像沒有什麼食物是我爸爸不會做的吧？所以跟爸爸單獨在家的時候，他都會替我準備一桌好吃的菜。

身為慈祥爸爸很疼愛的二女兒，我卻不是一個很會撒嬌的人。所以在拍《愛上王世子》的時候，我如果用像恆

兒一樣的北韓方言在家說話，爸爸就會很高興。那時候我不說：「爸爸，來吃飯吧！」而是說：「爸爸，吃飯呦～」

這樣講話在爸爸耳裡可能就像是在撒嬌吧，他笑得合不攏嘴，配合地說：「喂喂，妳再說一次呦～」

不知道從什麼時候開始，爸爸跟我早上起床後第一次見面都會擊掌打招呼。一面說「嗨」一面大力擊掌，之後就會變得充滿活力。總是替我加油、跟我站在同一陣線的人，他就是我的爸爸。

## 最好的朋友——媽媽

媽媽可以說是我最好的朋友，也是我的靈魂伴侶。看到她總是充滿活力的樣子，我就會想「原來我是像媽媽啊」。從小，我跟媽媽就像是很合得來的朋友，而一直到現在，如果我心裡想著「好想吃泡菜鍋」，回家後就會發現家裡正在煮泡菜鍋；當我想喝燒酒，媽媽就會先開口問我：「要不要喝杯燒酒？」這種時候我總是會嚇一大跳，對媽媽另眼相看。

從某些方面來看，媽媽好像比爸爸還強悍。尤其是我出道前在做演員訓練時，每天大清早跟媽媽一起去山上跑步的記憶，那是我一輩子都忘不掉的。總是在清晨把我叫醒，默默跟我一起同行的媽媽……不管發生什麼事都不肯輕易放棄的意志力，還有下定決心就一定要做到的倔強，好像就是從媽媽身上遺傳來的。

媽媽也是個很敢衝的人，像是我們家要從水原搬到方背洞時，媽媽就展現了驚人的魄力。那時候家裡的狀況不太好，搬家的事我想都不敢想，但媽媽卻說總是會有辦法的，用強烈的意志打前鋒。

雖然媽媽這麼堅強，但是她現在也還保有一顆少女心。今年為了慶祝媽媽六十歲，所以我選了一間漂亮的民宿，要媽媽跟朋友們去旅行一趟。結婚後為了照顧我們，這是媽媽第一次跟朋友們去旅行。她去旅行的時候打了一通電話來：

　　「智苑，這裡好棒喔！民宿裡有 KTV 還有游泳池。我已經玩四個小時了，不只烤肉吃，還在水裡玩球，現在我們要去 KTV 唱歌了。」

　　「哇～一定很好玩！妳拍了很多照片嗎？」

　　「沒有，因為拍起來會很胖，所以沒拍啦。」

　　「哈哈哈，媽媽，妳不能在 KTV 裡睡著喔，要在床上優雅地睡～」

　　「這孩子真是，我才不睡，我要玩一整晚。」

　　聽見媽媽開心的聲音，我才發現媽媽跟我們一樣。原來她也需要自己的時間和朋友們玩在一塊兒，這樣理所當然的事情，我竟然現在才明白。

　　我想起以前不知道在講什麼事情的時候，我說了一句：「哎呦，媽媽不懂啦。」媽媽馬上回我：「媽媽就算

年紀比較大也一樣，我跟你們的感受並沒有不同。」那句話一直到現在都還是令我印象深刻。

我的心理狀態從十五歲到現在都沒有變，那我為什麼會誤以為媽媽年紀大，所以在情感方面也會跟著變老呢？

因為沒有一張像樣的全家福照，所以我提議改天一起拍，媽媽聽完眼睛發亮地說：「那我可以穿婚紗拍嗎？」應該是因為媽媽以前是傳統婚禮，所以也想穿穿看婚紗吧。

媽媽，婚紗交給我負責！

如果想穿起來美美的，要瘦身喔～ ^^

## 單純的姊姊和善良的妹妹

姊姊跟我一樣對「香味」很有興趣，手藝也很好。不知道從什麼時候開始，她對用精油香做身體產品的事情很感興趣，最近更推出了精油品牌，受到很多人的歡迎。

得到姊姊最多幫助的人就是我，因為她已經當我的「身體主治醫生」七年了。每當身體疲勞，或是壓力導致頭昏腦脹的時候，姊姊就會替我選精油。

多虧有姊姊會按依照我當下的狀態替我調精油，所以我每天都可以透過量身打造的精油度過愉快的一天。用姊姊給的精油，身體和心靈都會變得放鬆，而且感覺很舒服。姊姊，我們今天來個薰衣草香吧？

說到妹妹，我第一個想到的就是「天使」兩個字，我會這樣說不是因為她是我妹妹，而是因為不管任何人來看，都會覺得她是一個心地善良的人。她現在認真地在社福機構上班，很適合她的個性。

有一次我想要透過妹妹工作的地方捐款，所以跟她一起找可以捐款的地方，結果她在說明捐款的用途時，因為太激動而掉下了眼淚。

「家中如果有小孩有身心障礙，他們的家人都會非常

辛苦。如果這些家庭還有其他兄弟姊妹，這些孩子也會更孤單和難過，因為有很多家庭已經沒有多餘的心思可以照顧其他小孩。啊……真的有太多孩子需要我們關心了。」

那時候我因為妹妹的感受比一般人還要深刻而驚訝，之後也被她的善良感動了好幾次。不過，有時候我也會在心裡這樣想，妳真的是小時候每天都跟我打鬧的妹妹嗎？妳怎麼這麼快就長大了？

妹妹結婚後生了很可愛的孩子，看著他們這對夫婦，我常常心生羨慕，因為他們總是無時無刻為對方著想。我很喜歡看到妹妹和妹夫相愛並彼此珍惜的樣子，希望他們兩個人可以永遠幸福美滿。

## 演員後輩——弟弟

弟弟雖然也是演員，但是我對他好像沒有太大的幫助，反而在他每次去試鏡時，一直對他碎碎念；又或是看到他待在家，就一直煩他。

「你怎麼待在家裡？出去運動或學些什麼啊，你哪有時間在家玩？有時間的話，就先把一些東西學起來，這些以後都是你的機會啊。」

現在想想，我好像總是對他嘮叨「我都這樣子做，你卻……」在他露出軟弱的樣子時，我也把他盯得很緊。

「喂，你現在的累根本不算什麼。之後如果當主角，你知道會有多忙和有多累嗎？現在你的煩惱已經很幸福了。」

雖然我這麼說是真心地希望他既然開始演戲，就要真的佔有一席之地，可是對聽的人來說好像很困擾，所以有一次我們氣呼呼地大吵了起來，情緒激動地說著幼稚的話。

「等著看吧！我一定會變成比河智苑還紅好幾倍的演員。」

「這樣啊？那你就試試看啊。來啊！」

其實我也很清楚，「河智苑的弟弟」對泰秀來說是一個不小的負擔，這個稱呼沒能帶來什麼好處，卻讓他在面對很多事情時，都必須更加謹慎小心。

　　我雖然愛護弟弟，卻吝於表現出來，這點我對他真的很抱歉，希望可以趁這個機會把藏在心裡的話告訴他。

　　泰秀，當一個演員，肯定會有辛苦、不安的時候，偶爾也會受到誤會，或是遇到委屈的事情。但是我相信，如果你可以找到為什麼想當演員、為什麼喜歡演戲的原因，一定也能克服這些問題的。

　　姊姊希望你成為一個不只是在拍片現場討人喜歡，更是受到所有觀眾喜愛的演員。

　　愛你……我的弟弟。

## 生活……旅行

我喜歡旅行帶來的陌生感。
陌生的街道，陌生的天空，陌生的味道，
還有陌生的人們……
抱著有天一定要一個人去背包旅行的夢想，
偶爾我會騎腳踏車到漢江旅行。
我認為生活就跟旅行一樣。

# 腳踏車

在我的日常生活中，最幸福的其中一件事是騎腳踏車。

在漢江騎腳踏車奔馳令人心情暢快，清涼的河風與草味、樹木味，還有似乎帶有微微腥味的河水，整個世界是那樣美好。

只要是在家裡休息的日子，我總會牽出腳踏車，戴上帽子和口罩，播放喜歡的音樂，興奮地踩著腳踏板去漢江。等到周圍的人變少，再脫下口罩和帽子開始用力騎。因為路上的人都專注地騎腳踏車，所以沒有人認出我來。在漢江騎腳踏車的時候，我不過是喜歡騎車的其中一個人，可以獨自盡情地享受自由。

騎車時擦身而過的陌生人，偶爾碰到手臂的草，映照在河上一閃一閃的光線，如果是月色明亮的日子，就更是閃耀動人的水波，可以享受這一切，我很感謝，也很幸福。沉醉在這些美好之中，感覺就好像自己不是置身在首爾，而是在一個完全不認識的都市裡旅行一樣。

而且，騎腳踏車經過漢江的橋下時，甚至會有一種被捲入其他世界的感覺。我很喜歡這種陌生的感覺。

騎累了，我會在草地上鋪墊子，躺下來看看天空。這時候整個世界就像是我的，偶爾我也會買一瓶罐裝啤酒喝，這時候的罐裝啤酒喝起來似乎是最美味的。

　　有一次我在人很多的盤浦大橋騎腳踏車，因為彩虹噴泉太美了，所以我在那裡拍了很多照片，而當時附近明明有很多人，可是都沒被認出來，所以我又更興奮了。

　　我現在還是會去漢江騎腳踏車，說不定在你們擦身而過的人之中有一個是我，又或者我可能曾經與你們擦身而過。這樣想像的話，是不是有些令人悸動呢？

# 旅行幻想

旅行向來就是一種「陌生的體驗」，陌生的人，陌生的時間，陌生的天空，陌生的空氣⋯⋯我很喜歡遇見這些陌生的事物。

面對熟悉的事物雖然自在，但是面對陌生的事物卻會有一種微妙的緊張和悸動。那應該說是原本在我體內沉睡，連自己都不知道的感覺，到了陌生的地方被立刻喚醒？又或者應該說是所有疲勞的情緒瞬間消失，新鮮的感覺一點一點滲入呢？

我只需要享受放空的自由。那時候經歷的東西，不管是再怎麼瑣碎的經驗，之後都會發揮它的功用。旅行後進入新的作品，總是會有一些東西不知不覺地出現在我的表演裡，所以，某些表現也許可以說是來自旅行時所感受到的情感和體驗吧？例如在飯店裡剛好看到電視上的一幕，那個表現手法後來就被我活用在廣告或電影裡。

我通常是在一部作品結束後去旅行，當作是休息。那是能讓我脫離演員河智苑，享受普通人田海林的時光，也是從長期投入的角色中脫離的時間。

　　我常跟家人一起去旅行，但是也很想嘗試一個人的旅行，朴重勳前輩之前就建議我一定要試試看。我也很想體驗一個人旅行時會遇到的陌生情況，必須自己解決的各種問題、無法預測會發生什麼事的情形。前輩說他之前旅行完回機場的時候哭了，我也想體驗那種感覺，所以有一天我一定要自己去旅行！

　　有一段時間我很規律地在學英文，不過不是為了進軍好萊塢，而是為了去外國旅行時多多跟外國朋友們交流。幾年前我去紐西蘭旅行，曾經待在一個地方大概一個月，在那裡結交了當地的朋友，常常和他們相處，但是語言的障礙讓我覺得好可惜，要是我的英文再好一點，就可以跟他們聊更深入的話題，和他們有更多交流了。

　　沒辦法去旅行的時候，我會看一些很美的旅行照，從中得到滿足的感覺。看著旅行地的天空、海洋這類大自然的照片，心裡就會變得很溫暖。有時候我也會尋找好吃的

食物，打定主意下次去那裡一定要吃吃看。光是這樣愉快的想像，就是一種能讓人有好心情的休憩。

　　還有，去其他地區拍戲的時候，我會趁著空閒之際到附近的寺廟走走。之所以這麼做，與其說是宗教信仰，倒不如說是因為寺廟通常都在森林裡，我很喜歡在前往寺廟的路上散步。走在安靜的林徑小路中，你會聽到鳥叫聲，也會看見樹木縫隙裡的天空，還有在一片靜謐之中響起的清脆風鈴聲。想要享受寧靜的時光，又不用花太大的工夫，沒有地方比這裡還要更好的了。

啊！
說起旅行的事，
就讓人好想立刻收拾行李，
到某個地方去旅行啊！

## 我一個人的太空之旅

對我來說，旅行時最令人享受的其中一件事就是潛水了。小時候我的夢想是當太空人，在潛水的時候，我會有一種「這是不是就是在太空旅行的感覺？」海洋世界就像宇宙一樣浩瀚，它的夢幻難以言喻，充滿了在陸地世界看不到的迷人色彩，而魚群優游的樣子更是美得無以復加。

我特別喜歡蜷縮著身體，隨著水流漂移的那種感覺。這種時候，潛水總能帶給我這世上最舒適和愉快的感覺。

我喜歡旅行的陌生感，而潛水能引領我到最陌生的國度，所以我沒理由不愛它。

# 河智苑運動法

　　說了大家可能不相信，但我從來沒有過無力的感覺，尤其是去片場的時候，我總是充滿鬥志。狀態好的時候，就算只是靜靜待著，都能感覺到身體在笑。我每次這麼說，大家都會覺得很奇怪，並且擺出茫然的表情，不過我是說真的──身體充滿活力就會笑，心情很好的時候臉上也會自然揚起笑容。這些很棒的經驗，都是在運動融入生活之後我才發現的。

　　我喜歡運動，喜歡學新的東西，所以學了好幾種運動，也樂在其中。當演員體力要夠好，所以一開始的時候，我會訂定時間規定自己運動，但是運動超過十年，現在已經變成生活的一部分了。前幾天清晨拍完片才回家，但我睡三個小時以後還是起來運動。我想運動，也知道運動才能讓身體變輕盈，所以會自然地動起來。

　　養成運動的習慣以後，我反而不會硬逼自己運動，有時候不想做也就乾脆不做了。運動要動得愉快、動得有樂趣，可是說老實話，很會運動才會產生趣味。所以，如果想要愉快又有趣地運動，就必須投入時間。

經過一段時間熟悉了以後，自然就會感覺到運動的趣味，也可以自動自發地享受運動了。

　　那運動時最重要的事情是什麼呢？根據我的經驗，應該是「讓身體達到平衡」。我的狀態越來越好，也是從身體達到平衡以後開始的。我之前因為過度運動導致骨盆和脊椎歪斜，所以我會穿著矯正皮帶矯正姿勢，並且一面做瑜伽。不過，像我這樣必須靠矯正皮帶輔助的，算是特殊情況。

　　不管是彼拉提斯或是瑜伽，透過自己喜歡的運動讓身體達到平衡，對女生來說真的非常重要。

　　為了找到身體的平衡，我努力地一一改正生活中已經定型的壞習慣，比如說翹腳、撐下巴等動作。身體一旦平衡了，不管做什麼運動都會變得更容易，也比較不會造成身體的負擔，所以狀態自然就變得比較好了。而且身體達到平衡後，不只身材比例變好，因為血液循環順暢，氣色也會有所改善。每個人的臉都會有點不太對稱，我也是一樣，找到了身體和臉形的平衡以後，感覺起來就會更漂亮。

我有一個專屬的超簡單運動想推薦給大家——翻滾。脊椎可以說是我們身體的梁柱，翻滾可以刺激脊椎，讓它變得更強韌。我做翻滾後脊椎好了很多，最近還是一天翻一百下。翻滾不是往前翻，而是躺在地上，從骨盆開始將腿往頭後仰。一開始會有一點吃力，之後可以慢慢增加次數，這麼一來所有人都可以成為脊椎美人。

　　除了翻滾之外，伸展也是一定要做的。

　　伸展可以把擠在一起的肌肉鬆開，幫助血液循環。養成隨時隨地伸展的習慣，就會感覺身體變得更輕盈。

消除無力，
打造會笑的身體！
你們也辦得到～^^

## 保養肌膚長期抗戰

我保養肌膚的祕訣可以說是「長期抗戰」，有人可能會覺得有點奇怪，不明白這話是什麼意思，其實這麼說的意思就是要從體內開始保養。

不久前替我化妝的人稱讚我的皮膚很有彈性，這比聽到皮膚好還令人開心。

為了要有充滿彈力的肌膚，我花很多心思在食物上。節食或吃太多肉，會讓皮膚變得粗糙；想要有水潤的肌膚，就要多吃水果。有吃水果跟沒吃水果的皮膚差很多，所以就算因為行程太忙沒辦法吃飯，我也一定會吃水果。

早上我會吃紅色系的水果，像是桑葚、葡萄汁、覆盆子，出門的時候也一定會帶著水果盒，一天要吃好幾次水果。尤其我非常喜歡奇異果，只要看到奇異果就會馬上吃掉好幾顆。

有一天我問媽媽家裡怎麼沒有奇異果，媽媽說：「吃太多也可能對身體不好。」不過就算這樣，我還是一樣愛吃奇異果，甚至還得到了「奇異果殺手」的暱稱。

還有，早上起床我一定會按摩淋巴，從頭皮到耳朵、下巴、脖子輕輕做按壓，幫助血液循環。這些地方如果塞住導致老廢物質堆積，聽說氣色會變差，脖子也會變粗。

　　身體感到疲勞的時候，我還會做足浴。做足浴會感覺皮膚變得很有彈力，而且能讓血液循環順暢，幫助排汗。

　　維持身體的平衡對肌膚也相當重要，因為身體如果是平衡的，血液循環就會變好，皮膚也會變得透亮。我努力矯正身體的平衡，改善了彎曲的背部，連原本有點凹的額頭都變飽滿了。我原本以為臉跟身體的保養是分開的，看來是我誤會了。有天媽媽看到我的額頭以後說：「妳去打了肉毒桿菌嗎？」聽媽媽這樣說我嚇了一大跳，但還是馬上開玩笑地回答：「對啊，很成功吧？」結果媽媽竟然相信了。

　　另外，為了讓肌膚休息，我平常是不太化妝的，如果沒什麼特別的事情，我通常都只擦防曬就出門了。如果要化妝，我會先敷面膜，這樣會讓妝更服貼。各位如果有約會或遇到什麼特別的日子，記得稍微早一點起來敷面膜，敷完再化妝的效果很好喔。

# 她的酒後真言＿訪談

　　夏天即將接近尾聲的某個正午，我們前往河智苑的家進行採訪。脂粉未施、打扮休閒的智苑開心地迎接我們，打完招呼以後，正打算要聽她聊聊近況並開始訪談時，去拿飲料的她突然笑著說：「今天天氣很好吧？這種天氣最適合在白天喝酒了。要不要喝杯啤酒？」

　　怎麼會有這樣的好康？我們馬上回答：「天啊！這種話我們不會當作是開玩笑的喔，趕快給我們吧～」

　　「真的嗎？真的要喝嗎？沒關係嗎？」

　　智苑提議那就喝紅酒吧，並準備了紅酒和下酒菜過來。轉眼間，我們的眼前擺了起司、橄欖、櫻桃等美味的下酒菜。

智苑：這是紐西蘭大使給的酒，不知道味道怎麼樣。

編輯：嗯～好喝耶？不過其實我不太懂酒啦。

　　　妳好像很常提起酒，妳很會喝嗎？酒量怎麼樣呢？

智苑：我不太會喝，大概一瓶燒酒吧。

編輯：一瓶燒酒？這樣應該不算不會喝吧？

　　　妳喜歡什麼酒呢？

智苑：我喜歡檸檬燒酒。隔天如果要拍戲，可是又很想喝酒的話，我就會跟爸爸媽媽一起喝檸檬燒酒。

編輯：檸檬燒酒？

智苑：對，我非常喜歡酸的東西。把打好的檸檬汁加到燒酒裡，既有喝燒酒的感覺，又幾乎沒有燒酒的味道，感覺

很棒。而且，喝檸檬燒酒隔天臉不會腫，我很確定，聽我說完這麼做的人都說有效。還有……下雨天我喜歡吃煎餅配東東酒。如果是想跟喜歡的人們一起輕鬆聊聊天的時候，我覺得紅酒不錯，可能是因為喝紅酒的氣氛吧？我喜歡那種感覺。

編輯：像今天一樣？

智苑：對。而且我也喜歡在白天喝酒。以前是朴鎮杓導演要我試著白天喝酒，說這樣心情會變很好，所以我才在白天喝酒的，試過才發現白天喝酒真的有一種獨特的魅力。

編輯：看妳喜歡白天喝酒，看來應該是很喜歡喝酒喔？對了，我聽說妳是燒啤混酒的達人？

智苑：啊！燒啤!!最近因為要拍戲，我都喝檸檬燒酒，所以比較少喝燒啤，不過其實我最喜歡的酒是「燒啤」。嗯～喝過我調的燒啤的人都很喜歡！該怎麼說呢？他們都說我調得很爽口，因為碳酸的比例很剛好。我就跟藥師一樣，調製的過程是很講究的。安聖基前輩很喜歡，我們辦公室的朋友們也最喜歡我調的燒啤。那真的是讓人不得不著迷的味道，應該讓兩位喝喝看才對！

編輯：爽口的燒啤！真的好想喝喝看，什麼時候可以喝呢？

智苑：要不要現在喝喝看？（馬上站起來打開冰箱）啊！有啤酒可是沒有燒酒。

編輯：雖然很好奇是什麼樣的燒啤，只好約下次了。

　　　　那妳不太喜歡燒酒嗎？

智苑：不會啊～有肉或泡菜鍋這種很好吃的下酒菜時，我覺得
　　　配燒酒喝是最搭的。

編輯：還會按照食物選擇喝什麼酒呀～妳真的很懂喝酒的樂趣
　　　喔～

智苑：可是我其實不太會喝啦。

編輯：跟妳一起合作過的人有誰很會喝酒嗎？

智苑：嗯，男生好像幾乎都滿會喝的。對了！薛耿求前輩！他
　　　真的很喜歡喝酒，拍完會喝一杯，休息也會喝一杯，好
　　　像每天都會喝，他喝酒的時候真的很快樂。朴重勳前輩
　　　也是，他很喜歡喝紅酒，所以遇到喝燒酒的聚餐還會自
　　　己帶紅酒來。

編輯：智苑，妳喝酒會有什麼習慣嗎？

智苑：有！喝了酒我心情會變得很好，會亂跳肩膀舞，左右左
　　　右地擺動肩膀，笑容也會變多，所以別人一看就知道
　　　「她現在心情超好的」。高中去校外旅行的時候，班導
　　　給了我們一人一杯啤酒，叫我們在面前喝，不要偷偷
　　　喝。那時候我原本是坐著喝，結果喝著喝著就往後跌，
　　　還一邊笑。哈哈。跌下去之後我還是一直在笑。我好像
　　　就是從那時候開始，喝了酒就會笑。可能是身體還記得
　　　吧？

編輯：妳隨時笑容滿面，在現場也對工作人員非常親切，這是

大家都知道的事。妳怎麼有辦法一直都保持笑容呢？

智苑：咦？哈哈哈。因爲想到好笑的事情呀。嗯，不對，應該
　　　說有很多事都讓我覺得很好笑。是因爲我都往好笑的方
　　　向想嗎？吃飯的時候要是有人弄掉叉子，我會覺得很好
　　　笑，如果有人臉上沾到東西，我也一樣覺得好好笑。有
　　　點幼稚吧？

編輯：光是聽到落葉滾動的聲音都會咯咯笑的，不是只有青春
　　　期的女學生嗎？智苑現在還在青春期啊？

智苑：我在拍戲的現場也很愛笑。當我突然開始笑，導演們都
　　　會很慌。而且神奇的是，我好像又越來越愛笑了。

編輯：很多東西都覺得很好笑的話，那妳拍攝的時候有辦法控
　　　制嗎？

智苑：現在好像比較能控制了，但是以前拍戲的時候還不太
　　　行。以前我曾經拍到一半笑出來，所以導演就大聲問我
　　　在笑什麼，結果我又覺得導演大喊的樣子很好笑。之後
　　　導演說再這樣下去太陽都要下山了，我聽到太陽要下山
　　　就又狂笑。最近想笑的話我會用指甲捏大腿。在拍《愛
　　　上王世子》的時候有一場六位南北統一隊 WOC 成員第
　　　一次會面的場景，那場戲趙正錫要坐下來，可是昇基卻
　　　抽走椅子害他跌倒。我覺得那一場戲實在太好笑了，爲
　　　了忍住不要笑，所以我只好捏自己的大腿，捏到我都以
　　　爲要流血了。

編輯：妳這麼愛笑，現場氣氛一定很好。

智苑：因為我很喜歡笑，所以跟我一起拍片的人會跟我說很多好玩的事情。《愛上王世子》的鄭萬錫前輩常常做搞笑的動作給我看，《七號禁地》的男演員們則是互相競爭，為了逗我笑。朴重勳前輩還說過我是「優良顧客」，因為我很愛笑。

編輯：優良顧客，這個詞真棒。不過我聽說妳從來都不生氣呢？

智苑：生氣？我不太會遮掩情緒，所以算是一生氣就會馬上表現出來的那種耶？而且我也滿常對經紀人抱怨的，呼，我最常對經紀人抱怨了，因為他們都會包容我。會有人說我都不會生氣，應該是因為我不會亂發脾氣吧？生氣其實沒辦法解決什麼，反而會因為生氣而感到愧疚，心情反而更不好受；而且生氣對身體也不好，會累積不好的情緒，所以我都是馬上表現出來，讓情緒有宣洩的出口。

編輯：妳會看電視嗎？

智苑：我不太看，因為除了沒什麼時間之外，在家我大部分都在聽音樂……不過因為我喜歡搞笑的東西，所以我會找《GAG CONCERT》來看，大部分是看我喜歡的單元，像最近「崩潰學園」我就覺得很有趣，「不是人」這類的台詞好好笑，呵呵呵。另外我也很喜歡看跟宇宙有關

的紀錄片，像是銀河系或火星之類的。我很喜歡宇宙，也對我不太了解的領域充滿好奇，所以覺得這些東西很有趣。

編輯：有沒有想要一起合作的外國演員或導演呢？

智苑：有，很多。因為我想要挑戰新的東西，而且和新的人在新的空間工作，感覺好像會很不一樣。不過就算是跟外國導演合作，我也想要呈現韓國人的感覺。因為同樣是東方人，所以拍的時候常常被拍成日本人或中國人，我不太希望這樣……我想拍的是可以展現韓國女人的感覺的那種電影，即使不是傳統或古典的，也能感覺得到韓國風情。因為我很喜歡武術，所以我也很想跟張藝謀導演合作。動作片現在已經跟我有了難分難捨的關係，所以非常期待跟動作片領域的大師們合作看看。

編輯：妳以後有什麼想要挑戰的角色嗎？

智苑：我想要演演看雙面人，就像電影《黑天鵝》娜塔莉波曼飾演的角色一樣，一個人詮釋出兩種面貌。另外，我也想要演那種會讓人揪心的主角，就像《對不起，我愛你》這部電視劇一樣，即使兩個人沒做什麼特別的事情，只是待在一個空間都會令人揪心的愛情戲。因為兩個人都懷抱著巨大的傷痛，所以他們的愛情讓觀眾看了覺得很惋惜。我想要嘗試那種胸口好像被堵住一樣，糾結的愛情戲。

編輯：感覺應該是非常深情的愛情戲。

智苑：對，沒錯。

編輯：我身邊有很多妳的粉絲，其中有個粉絲請我告訴妳，希望妳不要注射肉毒桿菌之類的東西。

智苑：喔？為什麼？

編輯：因為上年紀皺紋變多也是演員的其中一種姿態，希望有演員可以讓我們看到自然的年齡增長，可以做到這件事的就只有妳了～

智苑：喔～最近我很常聽到叫我不要微整型的話，責任真是重大呢（笑）。

編輯：總是給人非常認真的演員形象，有沒有什麼時候讓妳覺得很辛苦呢？

智苑：當然有囉，而且有時候真的會覺得很委屈。我就算說不舒服，大家也不太在意，因為他們都認為我應該會自己想辦法，就只是拍拍我的肩問：「妳沒事吧？」其他演員只要有點不舒服，大家都會很照顧他們，但是我一定要有地方斷了或見血（？），才會稍微被照顧。現在開始我也想要裝一下柔弱了，尤其是拍完《祕密花園》以後，我真的非常累，身體也很不舒服。我那個時候身體真的很不好，可是社長很壞，又立刻給了我《Korea》的劇本要我演。以結果來說，雖然拍到好電影很令人開心，但是那時候我真的很討厭社長。

編輯：因為妳的形象一直都很開朗、充滿活力，所以柔弱
　　　（？）可能行不通吧。以後如果累了一定要說喔，因為
　　　妳健康，觀眾才會幸福啊。
智苑：我會的！！

　　我們的訪談從一瓶紅酒開始，在令人心情愉悅的醉意擴散
到全身之際結束。期待著有一天可以嚐到智苑特調的燒啤……
並想像著如願以償的她，挑戰演出令人揪心的愛情戲……

## 以後也要像現在一樣！　李明世＿電影導演

在構想電影《刑事：Duelist》的時候，我希望男主角悲眼由臉蛋和氣質都很符合夢幻初戀的姜東元擔綱，女主角南順則屬意河智苑。

親眼見過河智苑以後，感覺比原本預期的還要好。她不被特定的單一形象所定型，這一點我很欣賞，臉蛋有些男孩子氣，卻又流露出很顯著的女人味……

「她的臉充滿各種可能性，應該是一個可以呈現不同面向的演員。」我心想

我很滿意，幸好她也欣然答應演出。

一直以來，河智苑演出的角色大部分都是強烈的女英雄形象，但是即使是愛情劇，我也相信她能呈現出截然不同的形象和精采的表演。

河智苑如果繼續保持現在的狀態，有天一定會成為非常厲害的演員。雖然要持續保有現在的精神是一件難事，但是她是河智苑，值得拭目以待。

## 智苑，我覺得妳好可怕 尹濟均_電影導演

河智苑是真正的用功派演員。

她為了電影《第一街的奇蹟》在學拳擊的時候，我曾經去體育館找過她，我看著在擂台上練習拳擊的她，著實嚇了一大跳。不對，我一開始甚至以為她是真正的選手，根本沒認出她來。

「啊……沒必要做到這樣的……」雖然一面這樣想，但是身為導演，還是自然地露出了滿意的笑容。

《色即是空》的有氧韻律操，《大浩劫》的釜山方言，《七號禁地》的重機，不管是學什麼，她的成果總是能超出期待，所以身為導演的我真的很感謝她然而，我似乎沒有好好向她道謝，反而對她做了件抱歉的事。

拍完電影《大浩劫》以後的聚會，我因為太開心，喝酒喝得比平常還多，抓著智苑說些無聊的話。

「智苑，我覺得妳好可怕……妳怎麼有辦法這麼認真練習？怎麼有辦法每天都活得這麼完美?!」

智苑，妳知道我這麼說的重點不是「可怕」對吧？總之那時候真的對妳很不好意思～！

「就算六十歲了也要一起拍電影。」

我們曾經興奮地這麼說過，希望她沒有忘了這個約定。

## 像圖畫紙一樣的演員　朴鎭杓_電影導演

「讀劇本的時候我眞的哭得很慘。」

以爲河智苑即將眼眶泛淚的時候，卻接著聽到了堅強的嗓音說：

「不過導演！智秀是個堅強的女孩，所以我想先剪頭髮。」

天啊！女演員竟然主動說要剪掉留了十年的頭髮。導演要說服女演員剪頭髮，就跟說服女演員拍裸露戲一樣困難……

在拍攝的期間，她給我的感覺就像是一張「新的圖畫紙」，可以隨我的意思作畫，創造出漂亮的圖畫。身爲演員，她讓自己就像一張完全空白的紙。

河智苑有一種力量，能把劇本裡的角色帶出來。不管我有什麼樣的構想，她都能演得活靈活現，所以她對導演來說就像一顆定心丸，可靠又值得信賴。

雖然大家對她的評價通常是「無可取代、大韓民國唯一的動作女演員」，但是我不太喜歡這樣的說法，怎麼說呢？因爲這還不足以形容她吧？

河智苑可以非常非常貼近劇中人物心理，並把它表現出來。身爲演員，我認爲這才是她最傑出的一點。

## 像鑽石一樣歷久彌新的演員　安聖基＿電影演員

　　我所認識的河智苑是始終如一的，即使時光變遷也沒有任何改變。新人時期認識的河智苑，跟五年後、十年後或最近見到的她，都是一樣的感覺。像她這樣的演員，並不多。

　　應該是二○○○年吧？我第一次見到智苑是在《真實遊戲》的片場，她不會花心思去想怎麼樣看起來漂亮，而是專注在自己所飾演的角色，這樣的態度讓我印象非常深刻。雖然是新人，但是對於演戲充滿了欲望和熱情，在當時已經能感受得到。她說自己當時的狀態非常緊張，但在我的印象裡，她是一個跟大家很處得來、愛笑，心胸非常開闊的女孩。

　　五年以後我在《刑事：Duelist》的片場再次見到智苑，她還是一樣熱情。她接受和男生一樣的武術訓練，從來沒有缺席過。而且，她並不是出於義務地硬練，而是透過堅強的意志力，默默承受著痛苦並忍耐，一點一點投入自己所飾演的角色。

　　十年過去了，令人驚訝的是，智苑還是沒變，並且保有新人時期的謙虛。光是想到她，我就會露出欣慰的笑，對於這樣的後輩，我想給她溫暖的掌聲。

## 她不只是大韓民國的首席女演員　孫愛貞__河智苑粉絲團版主

二〇〇九年十二月，智苑大人從青龍電影節得到人生第一次的最佳女主角，在那之後沒多久，「我們愛河智苑」粉絲團團長的媽媽去世了，因為團長是從智苑大人新人時期就開始注意她的粉絲，所以我覺得這件事好像也應該讓智苑大人知道，便傳了簡訊給她。

手機響了。智苑大人好像受到很大的驚嚇，問團長母親這段期間不舒服嗎？還是發生意外了？問了很多問題以後，她語帶埋怨地：「為什麼之前沒跟我說？」

那位粉絲的媽媽因為長期都在跟癌症抗戰，所以家人算是已經做好充足的心理準備了。我跟智苑大人這麼說明，要她不用太擔心，但是她好像不這麼認為。

「為什麼沒說？她之前那麼不舒服，應該跟我說啊。」她嘆氣說道。

面對她這樣的反應，我有一點嚇到。不只是我，喪母的粉絲也沒有想到要跟智苑大人說這件事。那時候我才明白，這個人……原來連這些事也想知道啊。

「好，地點在哪裡？我會過去。」

葬禮場地隔天早上才決定，智苑大人接到通知後急忙地趕到，那時候喪家正在進行葬禮彌撒，所以她一個人在外面等到彌撒結束。結束以後，她跟經紀人進來，靜靜地行禮，並向喪家致意。那時候的她跟平常演員的樣子很不同，身旁沒有好幾個經紀人和造型師。

雖然周圍的目光可能會給智苑大人帶來壓力，但是她一點

也不在意，只是抱著失去了媽媽的粉絲，輕輕安撫著她，一直到眼淚流個不停的粉絲不哭了，她才離開。

現場沒有任何人騷動或竊竊私語說「河智苑來了」，是因為她悄悄地現身，不像藝人的排場？還是因為大家都感受到她的真心了？原本來弔唁的 1023 粉絲們也都先行迴避，就怕讓智苑大人不自在，或是破壞了葬禮上肅穆的氣氛。

結束弔唁後離開了現場，我收到智苑的簡訊，說是看到 1023 粉絲們守著葬禮場，覺得非常感謝，多虧有他們，伯母一定能到天堂去。

光是一通電話或花圈就夠令人感動了，她竟然大老遠跑來，等到彌撒結束靜靜地抱著傷心的粉絲，然後才低調地離開，而且還不忘記要稱讚和感謝到場的其他粉絲。

那時候，她才剛得到只頒給大韓民國最頂尖女演員的最佳女主角獎不到一個星期，但是當天我沒有看到那樣一個家喻戶曉的大明星，我看見的是，比起一個禮拜前頒獎典禮上的女演員河智苑，更動人的一般人河智苑。

這件事原本只有那天來參加喪禮的粉絲以及從粉絲口中聽說的一部分人知情，但是為了讓其他人也看到演員河智苑不同的一面，所以我才提起兩年前的這件事。

她是這麼好、這麼溫暖、這麼始終如一，而且有著一顆像孩子般單純的心……所以，我沒辦法離開她，也為身為她的 1023 感到無比的驕傲。

——我很煩惱怎麼稱呼河智苑，最後決定直接用我們常拿來稱呼她的「智苑大人」＿筆者

# 為什麼河智苑是「熱情」的代名詞？ 裴國男＿記者

## 熱情，讓河智苑就像是水一般的演員

　　有不少人都說，提起河智苑不會有什麼特別強烈的印象；但是跟河智苑合作過的電視台、電影公司等大眾文化界的人敢肯定地說，河智苑增添了韓國電視劇和電影的可能性，有許多風行的電視劇和電影也因為有她才得以誕生；仔細看過河智苑任何一部電視劇或電影的人則說，河智苑在作品中的存在感比任何明星或演員都還要強烈。

　　對河智苑只有些微了解的人，與跟她有直接或間接接觸的人，反應就像這樣是完全相反的。不過這種兩極的態度，反而提供了線索讓我們更了解河智苑。

　　「氧氣般的李英愛，活潑的金喜善，清純的崔智友」，河智苑並沒有像她們一樣在大眾心目中留下某種特定的強烈形象，所以才有不少人說，提起河智苑這個名字不會聯想到特定的印象。

　　但是河智苑卻是任何人都無法否定的頂尖明星。為古裝劇寫下新的一頁的《茶母》；透過無法用原本電視劇的標準去衡量的意義和角色深度，改變韓國電視劇原有結構的《峇里島的日子》；讓許多觀眾陷入瘋狂，確保了大眾性的《祕密花園》，這些都是因為有河智苑這位演員，才有可能做到的。

　　不只是這樣，因為《鬼鈴》、《色即是空》、《第一街的奇蹟》、《刑事：Duelist》、《大浩劫》、《七號禁地》，韓國電影的種類、角色和故事變得更寬廣，要是沒有河智苑，這

是不可能發生的。

《茶母》的李才奎 PD 說：「河智苑就像是一個開拓者，她超越了韓國電視劇的角色、主題和題材的極限，持續開疆闢土。」《七號禁地》的金志勳導演則讚許：「有河智苑在，是韓國電影的福氣！」

完全進入一個角色，讓人感覺不到演員的存在，以角色重生的河智苑，是一個「像水一樣的演員」，把水放進水壺裡會變成水壺的形狀，把水倒入杯子裡又會變成杯子的形狀，河智苑就像是這樣的演員。

所以，相較於河智苑，大家反而會先想到《茶母》的彩玉、《黃眞伊》的黃眞伊、《峇里島的日子》的水晶、《祕密花園》的吉羅琳。《色即是空》裡將難以兼備的性感與清純氣質發揮得淋漓盡致的恩孝，《刑事：Duelist》中自然詮釋出動作戲和愛情戲的南順，《比天堂更近的美麗》裡面對因為漸凍症而一步步走向生命盡頭的愛人，仍平靜守護著他的智秀，這些角色都是透過演員河智苑的身體才得到了生命。在這麼多樣化的角色裡，想找到「演員河智苑」很不容易。

河智苑有辦法完全投入自己所飾演的角色，算是能將內在的東西具體化演出來的代表演員。

文化評論家 D.Mixon 主張：「演員要有辦法演出我們想像的任何角色，而且所有詮釋都必須讓人信服，並自然地表現出來。」如果要按照這樣的標準尋找最佳典範，絕對不能漏掉河

智苑。

　　既然如此，是什麼讓河智苑可以把角色詮釋得那樣眞實，成爲水一樣的演員呢？有人說河智苑在拍很困難的動作戲時，滿頭大汗和全身瘀青的樣子最美；也有人說，當她戲中的舞蹈動作不到位，要她再做一百次，她就眞的再做一百次，令人瞠目結舌，大感佩服。

　　因爲對演戲的熱情、對作品的熱情，以及對大眾的熱情，才有今天的河智苑，如果要說河智苑對等的代名詞是什麼，我想那就是「熱情」了。

## 日益令人期待的演員

　　二〇〇三年播出的電視劇《茶母》，讓河智苑達到了任何人都不容否認的頂尖明星之列，她在劇中扮演女主角彩玉，從動感的動作戲，到愛情與命運錯綜的內心戲，展現了兩種極端的戲路。《茶母》讓受到大眾熱烈歡迎的明星河智苑誕生，也是讓大家意識到演員河智苑存在感的一部作品。

　　接下來，透過改變韓國電視劇結構的《峇里島的日子》，還有爲她帶來 KBS 演技大獎的電視劇《黃眞伊》，她完美地成爲了水一般的演員。在河智苑的身上，自然地融合了難以兼備的各種形象，也因此，觀眾在《峇里島的日子》只看得到窮苦卻懂得愛情的水晶，卻看不到河智苑；而在魅惑卻又不肯順應命運的藝妓黃眞伊身上，也看不到河智苑的影子。

　　之後河智苑做了一個會令人大喊「果然是河智苑」的選擇——對演員來說很有趣，同時卻又非常危險的選擇。

　　河智苑演出由方學基漫畫改編的電視劇《茶母》後大受矚

目，在她所飾演的彩玉一角還深深留在許多人的心目中時，她勇於冒險接下由同一部漫畫改編的電影《刑事：Duelist》，而且還是同一個角色。這個選擇就像賭博，可能會讓她這段時間累積的名氣在一瞬間崩毀。

「我已經忘記《茶母》的彩玉了，」二〇〇五年八月三〇日在《刑事：Duelist》的試映會見到河智苑，她說：「因為拍《刑事：Duelist》很痛苦，我哭了很多次。這麼辛苦換來的成果，是叫做『南順』的角色。」原本像是賭博的選擇，變成了對一個演員別具意義的進化。從彩玉和南順的角色，我們可以看到她的變化──演出彩玉時，靠內心戲呈現出多種情感；演出中性化的南順時，利用使刀和走路的樣子、說話的調調等外顯的演技，呈現出愛與心痛等情緒。

之後，吸引了一千兩百萬名觀眾的《大浩劫》、擁有百分之三十幾的收視率，在全國引起旋風的《祕密花園》都得到亮眼的成績，演技精湛的河智苑進而奠定了穩定的大眾性和人氣紅星的力量。光是看到「河智苑」這個名字就一定支持的鐵粉也急遽增加。

身為演員的河智苑，有一個更引人注目的特點，那就是她不會因為有了亮眼的成績就安於現狀，而是藉著無止境的熱情挑戰新的作品和角色。她接的不是充滿魅力，很容易就能賺到錢和贏得人氣的角色，而是一些拳擊手、禮儀師、海底裝備管理員、特技女演員等等的角色。她積極擴展演員的各種面相，雖然這些角色都很不容易，必須學新的東西才能演，但她卻沒有絲毫猶豫。

「果然是河智苑！」她能讓人自然地發出驚嘆。有一部分的大明星會為了代言廣告，或是安於大眾所喜愛的形象和角色

而一直停留在原地沒有進步，重複呈現和消費既有的形象，在這一點，河智苑和他們是非常不一樣的。

在演技大賞或電影大賞的時候，很多演員都會說得很好聽：「我想要把這份光榮獻給工作人員們，我是代替一起辛苦拍戲的他們上來領獎的。」

可是在這些人之中，有很多人都把遲到當作很正常的事情，對待工作人員也很隨便，沒有徹底做好準備就開始拍戲，這也是爲什麼 PD、編劇、導演、工作人員對演員的評價在電影或電視劇播出前後常常不一樣的原因。

不過很神奇的是，關於河智苑的評價在播出前後都是一致的，而且跟她一起合作過的人，從小配角到明星，對她的看法都一樣。

李金製作公司趙尹貞代表跟許多大牌女星一起合作過電視劇，她對河智苑就讚譽有加：「我敢肯定地說，她不只是最棒的演員，在品行這一部分她的分數也是明星之中最高的。因爲拍攝電視劇很辛苦，所以明星拍一拍很容易就會出現不好的問題，但是河智苑不管是對待工作人員，還是面對演戲的態度，都是最認眞也最完美的。」

河智苑是一個未來還要爲我們帶來更多表演的演員。因爲有她在，韓國電視劇、電影、角色性和故事性都正在擴展。只要她的熱情不消退，她的演技就會持續有新的突破，韓國大眾文化的可能性也會提升。

## 只知道演戲的模範演員　吳美貞＿記者

　　我跟河智苑是小時候住在同一個社區的朋友，以前我作夢都沒想到她會當演員。她有張漂亮的臉蛋，所以當演員這件事我可以理解，然而在個性方面，她似乎沒有演員的特質。當年沉穩安靜又聰明的小女孩、擔任班長的模範少女田海林，變成了現在的河智苑。

　　河智苑以特有的毅力和努力受到矚目。我原本就知道她很聰明，但是沒有想到她可以那麼拚。我曾經問過她為什麼會變成「拚命三郎」，她告訴我：「不是拚命，只是我對已經下定決心要做的事情不會有任何猶豫。我不希望對已經選擇的事情感到後悔或擔心。」雖然這不算是什麼新鮮的回答，但是對只懂演戲的模範演員河智苑來說，非常有她的風格。

　　很久以前我跟她約好，她如果去坎城影展，我也一定會一起去。如果想要跟多年好友一起去一趟精采的海外之旅，首先河智苑必須受到坎城影展的邀請，所以為了那一天的到來，我一定會無條件地支持她。如果是現在的河智苑，有一天一定能踏上坎城紅毯的，不是嗎？

# 演員們的一段話

　　光是河智苑這個名字就值得信賴，我爲她從不間斷的努力鼓掌，也期待著她未來的表現。演員河智苑，太棒了。　　玄彬

　　在全世界的女演員之中，河智苑可能是最勇於冒險和最樂在其中的。　　車太鉉

　　她詮釋的角色恰如其分，很有說服力，而且她很可愛。　　河正宇

　　河智苑是一個擁有很多優點的女演員，她除了本身的演技很有特色，也懂得如何將自己的特色加到對手演員和作品上，是非常聰明的演員。　　張東健

　　智苑姊姊是非常勤奮的演員，她勤奮到我不禁都想：她活在作品裡飾演的角色，是不是比以自己的身分生活的時間還多？要這樣持續不停地演戲眞的很不容易。姊姊就像一顆寶石，散發出一點一點累積而來的光芒。不知道是不是因爲這樣，姊姊笑的時候，感覺全世界都在笑，因爲她的眼睛就像蘊含了整個世界。　　劉寅娜

　　充滿活力的女人，非常可愛的演員──河智苑！她的下一步總是令人期待。雖然這樣的形容不能完全代表她這個人，但是我可以感覺到她的生活態度非常健康。她是那種對一點小事也無時無刻笑著道謝的人，所以我總是告訴她：「我才要謝謝妳呢。」河智苑就是這樣的女人！！　　黃正民

從大河劇《龍之淚》配角出身的智苑，轉眼間已經到達了最高的位置。我相信河智苑獨特的魅力，會爲這塊土地上夢想成爲演員、懷抱著希望的年輕人帶來勇氣。靜靜寫下神話和歷史的河智苑，同時又不失女人味與優雅的美麗演員河智苑，看到她總是令我心情愉快。　　　　　　　　　　　　柳東根

不管是觀眾的身分，或是後輩演員的身分，河智苑前輩的演技總是有一股力量，能讓我站在劇中人物的立場去欣賞作品。想到以後我們所有人都可以透過這本書了解到這股力量的來源和技巧，就讓人非常期待。前輩我愛妳～！　2PM 玉澤演

在拍《Korea》之前第一次到桌球練習場時，我在遠遠的地方看到滿頭大汗的智苑姊姊不停地在接玄靜和教練發的球。短暫的休息時間，她好像也不累，一面重複看著自己練習桌球的影片，一面調整自己的手部動作，接著才發現我的存在，像個孩子一樣燦爛地對我笑。每次看到智苑姊姊，我就很想問一個問題：「智苑姊姊，妳都不會累嗎？」哈哈哈哈。　　　李鍾碩

智苑姊姊在片場總是會問周圍的人：「我怎麼樣？我現在OK 嗎？」然後照照鏡子，像個威風凜凜的女英雄一樣，笑著邁開強健有力的步伐。智苑姊姊總是認眞傾聽別人說話，給人燦爛的笑容。看著她即使已經是大明星了，卻仍保有一顆溫暖的心，便讓人自然地產生敬意。　　　　　吳漣序

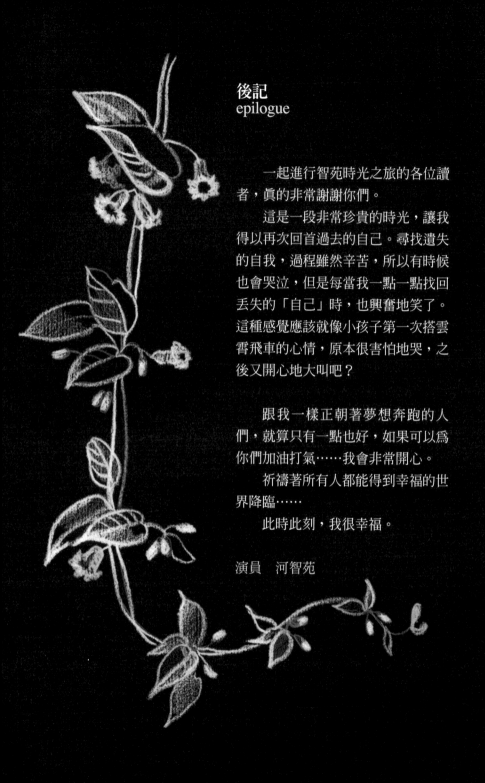

## 後記
### epilogue

一起進行智苑時光之旅的各位讀者，真的非常謝謝你們。

這是一段非常珍貴的時光，讓我得以再次回首過去的自己。尋找遺失的自我，過程雖然辛苦，所以有時候也會哭泣，但是每當我一點一點找回丟失的「自己」時，也興奮地笑了。這種感覺應該就像小孩子第一次搭雲霄飛車的心情，原本很害怕地哭，之後又開心地大叫吧？

跟我一樣正朝著夢想奔跑的人們，就算只有一點也好，如果可以為你們加油打氣……我會非常開心。

祈禱著所有人都能得到幸福的世界降臨……

此時此刻，我很幸福。

演員　河智苑

國家圖書館出版品預行編目資料

此時此刻：河智苑的時光之書 / 河智苑著；黃筱筠譯.
——初版——臺北市：大田，民 104.11
面；公分 . ——（美麗田；149）

ISBN 978-986-179-410-5（平裝）

862.6　　　　　　　　　　　　　104012122

美麗田 149

# 此時此刻：河智苑的時光之書

河智苑◎著
黃筱筠◎譯

出版者：大田出版有限公司
台北市 104 中山北路二段 26 巷 2 號 2 樓
E-mail:titan3@ms22.hinet.net　http://www.titan3.com.tw
編輯部專線 (02)25621383　傳眞 (02)25818761
（如果您對本書或本出版公司有任何意見，歡迎來電）
行政院新聞局版台業字第 397 號
法律顧問：陳思成 律師

總編輯：莊培園
副總編輯：蔡鳳儀　執行編輯：陳顗如
行銷企劃：張家綺
校對：金文蕙／黃筱筠
印刷：上好印刷股份有限公司　（04）23150280
裝訂：東宏製本有限公司　（04）24522977
初版：2015 年（民 104）十一月一日
定價：新台幣 399 元